倪匡奇情作品集

木蘭花傳奇 4

煞星

（含：神秘高原、煞星男爵）

倪匡 著

目錄

神秘高原

煞星男爵

【總序】

木蘭花VS.衛斯理——倪匡奇幻系列的兩大巔峰

秦懷玉

對所有的倪匡小說迷來說，《衛斯理傳奇》無疑是他最成功、也最膾炙人口的作品了，然而，卻鮮有讀者知道，早在《衛斯理傳奇》之前，倪匡就已經創造了一個以女性為主角的系列奇情故事，甫出版即造成大轟動，《木蘭花傳奇》遂成為倪匡眾多著作中最具特色與最受讀者喜愛的兩大系列之一；只因衛斯理的魅力太過強大，使得《木蘭花傳奇》的光芒被掩蓋，長此以往被讀者忽視的情形下，漸漸成了遺珠。

有鑑於此，時值倪匡仙逝週年之際，本社特別重新揭刊此一系列，希望藉由新的編排與介紹，使喜愛倪匡的讀者也能好好認識她。

《木蘭花傳奇》是倪匡以筆名「魏力」所寫的動作小說系列。原載於香港新報及《武俠世界》雜誌，內容主要是以黑女俠木蘭花、堂妹穆秀珍及花花公子高翔三人所組成的「東方三俠」為主體，專門對抗惡人及神秘組織，他們先後打敗了號稱「世界上最危險的犯罪集團」的黑龍黨、超人集團、紅衫俱樂部、赤魔團、暗殺黨、黑手黨、血影掌，及暹羅鬥魚貝泰主持的犯罪組織等等，更曾和各國特務周旋、鬥法。

如果說衛斯理是世界上遇過最多奇事的人，那麼打擊犯罪集團次數最高的，即非東方三俠莫屬了。書中主角木蘭花是個兼具美貌與頭腦的現代奇女子，在柔道和空手道上有著極高的造詣，正義感十足，她的生活多采多姿，充滿了各類型的挑戰；她的最佳搭檔：堂妹穆秀珍，則是潛泳高手，亦好打抱不平，兩人一搭一唱，配合無間，一同冒險犯難；再加上英俊瀟灑，堪稱是神隊友的高翔，三人出生入死，破獲無數連各國警界都頭痛不已的大案。

若是以衛斯理打敗黑手黨及胡克黨就得到國際刑警的特殊證明文件的標準來看，木蘭花在國際刑警的地位，其實應該更高。

相較於《衛斯理傳奇》，《木蘭花傳奇》是入世的，在滾滾紅塵中演出令人目眩神搖的傳奇事蹟。衛斯理的日常儼然是跟外星人打交道，遊走於地球和外太空之間，事蹟總是跟外星人脫不了干係；木蘭花則是繞著全世界的黑幫罪犯跑，哪裡有犯罪者，哪裡就有她的身影！可說是地球上所有犯罪者的剋星！

而《木蘭花傳奇》中所啟用的各種道具，例如死光錶、隱形人等等，一如倪匡慣有的風格，皆是最先進的高科技產物，令讀者看得目不暇給，更不得不佩服倪匡驚人的想像力。

尤其，木蘭花等人的足跡遍及天下，包括南美利馬高原、喜馬拉雅山冰川、北極、海底古城、獵頭族居住的原始森林、神秘的達華拉宮及偏遠隱密的蠻荒地區等，讀者彷彿也隨著木蘭花去各處探險一般，緊張又刺激。

《衛斯理傳奇》與《木蘭花傳奇》兩系列由於歷年來深受讀者喜愛，書中主要角色逐漸由個人發展為「家族」型態，分枝關係的人物圖越顯豐富，好比《衛斯理傳奇》中的白素、溫寶裕、白老大、胡說等人，或是《木蘭花傳奇》中的「天使俠女」安妮和雲四風、雲五風等。倪匡曾經說過他塑造的十個最喜歡的小說人物，有三個在木蘭花系列中。白素和木蘭花更成為倪匡筆下最經典傳奇的兩位女主角。

7 **煞星**

在當年放眼皆是以男性為主流的奇情冒險故事中，倪匡的《木蘭花傳奇》可謂是開創了另一番令人耳目一新的寫作風貌，打破過去女性只能擔任花瓶角色的傳統窠臼，以及美女永遠是「波大無腦」的刻板印象，完美塑造了一個女版〇〇七的形象。猶如時下好萊塢電影「神力女超人」、「黑寡婦」等漫威女英雄般，女性不再是荏弱無助的男人附庸，反而更能以其細膩的觀察力及敏銳的第六感，來解決各種棘手的難題，也再一次印證了倪匡與眾不同的眼光與新潮先進的思想，實非常人所能及。

《女黑俠木蘭花傳奇》共有六十個精彩的冒險故事，也是倪匡作品中數量第二多的系列。每本內容皆是獨立的單元，但又前後互有呼應，為了讓讀者能更方便快速地欣賞，新策畫的《木蘭花傳奇》每本皆包含兩個故事，共三十本刊完。讀者必定能從書中感受到東方三俠的聰明機智與出神入化的神奇經歷，從而膾炙人口，成為讀者心目中華人世界無人能敵的女俠英雌。

神秘高原

1 利馬高原

暮春時分，南國的天氣早已熱得很了，院子中的一簇杜鵑花，紫豔豔地迎著朝陽，美麗得好像是絹製的假花一樣。

木蘭花手中持著一根牙籤，正在小心地剔除花葉上的一些害蟲。她在做這項工作的時候，全神貫注，小心翼翼，像是正在剔除社會上的害蟲一樣。

穆秀珍則站在門口，唉聲嘆氣，不耐煩地道：「我真不明白，春天有什麼好，你看這天氣，唉，除了令人渴睡，還有什麼好？」

「是麼？」木蘭花回過頭來，笑著回答：「那你為什麼不去睡一個飽呢？」

「就是討厭，我睡不著！」穆秀珍嘟著嘴，一本正經地說：「還是來幫你捉蟲吧！」

「不要過來，別過來！」木蘭花如臨大敵，頻搖纖手：「你來幫我除蟲？還記得上次，三株羅馬尼亞玫瑰給你幾乎連根拔了起來？你曾弄壞過的荷蘭鬱金香和馬來胡姬蘭，我算是怕了你，你別來碰我的花。」

「哼，」穆秀珍不服氣，雙手叉著腰：「你遠行的時候，是誰替你的花淋水的？」

「好了，別吵了，有人來了。」木蘭花直起身子，穆秀珍望向門口，一輛車身長得出奇的華貴房車，在木蘭花的門口停了下來。

「咦，那是什麼人啊？我們可沒有那樣的闊朋友。」穆秀珍奇怪的問。

「等他們下車來的時候，自然就知道了，你心急什麼！」木蘭花回答著，向鐵門走去，她才到鐵門口，車上已下來了一對中年夫婦。

木蘭花先回頭，向穆秀珍望了一眼，眨了眨眼睛。

穆秀珍立即明白木蘭花向自己眨眼睛的意思了：下車來的那一雙夫婦，差不多是本市數百萬市民人人都認識的！

那是馬多祿紳士！

馬紳士是大財主，由他主理的一個大機構，雇員達到兩千餘人之多！那是本市經濟要脈的一個重工業工廠，而他又是建築業鉅子，他還是一個公共交通組織的董事長，和一個航空公司的主人。他有多少財產，只怕連他自己也估計不清。

他辦了三家報紙，於是他的尊容也幾乎每天在那三家報紙上出現——儘管他的尊容一點也不好看，就像是一頭肥豬一樣。

這時候，他滿臉肥肉顫抖著，一臉皆是惶急愁容，扶著和他一樣肥胖，面色比他更難看的夫人，來到了鐵門前，用力地按著鈴。

木蘭花就在鐵門旁，她打開了鐵門，馬夫人先開口：「我們是來找木蘭花小姐的，就是鼎鼎大名的女俠木蘭花，她在家麼？」

她一面說，一面東張西望，穆秀珍忍不住笑了起來，大喝一聲，道：「咦，你東張西望做什麼？站在你面前的就是我蘭花姐！」

馬夫人戴滿了鑽石戒指的手，立時握住了木蘭花的手道：「原來你就是木蘭花小姐，那太好了！」

她的情形，就像是一個將要溺死的人，忽然抓住了一個救生圈一樣。

「兩位，」木蘭花秀眉微蹙：「看來有著十分緊要的事了？」

馬多祿紳士嘆著氣，馬夫人卻已流下淚來，可知金錢事實上並不是萬能的，要不然馬氏夫婦也不會那樣子了。

馬夫人一面流淚，一面道：「蘭花小姐，你無論如何要救救超文！」

「兩位還是先進屋來坐吧。」木蘭花說。

「唏，」穆秀珍道：「超文是什麼人啊？我們也不認識他，憑什麼要救他？」

馬夫人道：「超文是我兒子。」

「啊！」穆秀珍叫了起來：「原來是那個花花公子，哼，可是又在夜總會中爭風吃醋，惹事生非，挨了打？是不是？」

馬多祿臉紅了起來，急忙分辯道：「不是他，不是他，愛生……生些是非的是超武，超文是他的弟弟，超文和他哥哥不同，是十分有作為的，一直在外國學地質的，十分努力。」

「那好。」穆秀珍詞鋒銳利：「那你等於承認你大兒子是沒有出息的了？」

馬多祿十分尷尬，道：「唉，可以那麼說，可以那麼說。」

「還好，你還算坦白。」穆秀珍點了點頭，一攤手道：「請進來吧！」那神氣就像是她是守門大將軍，不通過她這一關，馬氏夫婦就不能進屋似地。

馬氏夫婦進屋坐下，馬多祿道：「我們本來想請警方協助的，但是方局長說，這件事太神秘莫測了，而且不在警務工作的範圍之內，他說穆小姐最善於解決疑難問題，是以才介紹我們來……請教你的。」

馬多祿在講到「請教」兩字的時候，遲疑了一下，這顯然是他絕少用到的字眼，他的一生，這樣子來懇求他人，只怕還是第一次哩！

「那是方局長的過奬，當不得真的，」木蘭花謙虛地笑了笑：「不知道令郎遇到了什麼麻煩？」

「唉，他……瘋了。」馬夫人抹著眼淚。

「瘋了？」木蘭花不禁苦笑：「那麼該找醫生才是啊！我們是沒有辦法的。」

「可是他又不是真的瘋了。」馬多祿補充著：「他……唉，我們很難說出他究竟怎樣了，小姐，你跟我們去看一看他可好？」

「這個……」木蘭花考慮了一下：「如果是醫學上的問題，那就必需請教醫生，我倒認識幾位在精神病方面十分有研究的醫生……」

「不，穆小姐，不，他不是瘋了，而是不很正常，像個瘋子。」馬多祿仍在分辯。

「這話怎麼解釋呢？」木蘭花和穆秀珍兩人同聲反問：「他究竟怎麼了？」

「唉，他本來是在美國學地質的，兩個月前，他參加了一個南美探險隊，那個南美探險隊的目的地，是南美利馬高原。」

「啊，是利馬高原！」木蘭花低吁了一聲。

利馬高原可以說是世界上最神秘的地方，素有「神秘高原」之稱，它位於南美北部，圭亞那以南地區，要登上這個高原，必需攀援兩千呎的峭壁，而峭壁上大小瀑布，帶著萬馬奔騰之勢竄流而下，有的地方雖然沒有瀑布，但是石質鬆動，隨時可以失足。

這個高原，不但探險家視為畏途，就是當地的土人也敬而遠之，甚至於不敢接近，傳說雷神就是居住在這高原之上的。

而因為這個高原，它四周圍有兩千呎的峭壁，與世隔絕的緣故，使許多人堅信高原上還有著史前的動物，所以也是為科學而不顧一切的科學家要冒險去探索的地方。

利馬高原之所以神秘，還有一個原因，那就是從利馬高原的瀑布所匯集而成的河流中，出產鑽石，鑽石夾在河底的泥沙之中，可以像淘金沙一樣地淘出來。

這些河流經過委內瑞拉的領土，委內瑞拉的政府在河流的附近還設有鑽石採集場，不經許可，是不准接近那些河流的。

因為瀑布是從高原上流下來的，所以許多人又堅信在高原上，有著世界上最大的鑽石礦的儲量之事，鑽石品質之優良，據說是南非的鑽石礦所瞠乎其後，望塵莫及的。

所以，這個高原也是冒險家的好去處。

但不論為尋求財富的冒險家也好，是獻身科學的科學家也好，上了這個高原之後，總是杳若黃鶴，不見歸來，只有極少數的人能夠回來，但這些人，大都只是在高原的邊緣徘徊，一兩天就下來了，未曾深入高原內部，或者只是在飛機上進行觀察。

這兩種人，當然是無法知道利馬高原的真相的，於是這個高原便更神秘了，它幾乎是地圖上的一片空白！

馬多祿的次子當然不會是為了尋求財富去的，那麼，他是一個真正的科學家了。

馬超武是本市有名的花花公子，穢行百出，不齒人口，所以木蘭花和穆秀珍本來也絕不想管這件事的，但當她們聽到馬超文參加了利馬高原的探險之後，她們便對之改觀了。

木蘭花道：「那是十分危險的啊！」

「是的，」馬多祿長嘆了一聲：「這孩子十分倔強，他一直和家中合不來，他在外國念書，寧願半工半讀，也不要我寄一個錢去，所以他參加探險隊，事先也未曾和我商量過。」

「好，有志氣！」穆秀珍豎起大拇指：「馬先生，想不到你居然還有這樣的一個好兒子！」

馬多祿啼笑皆非，道：「可是他卻遭到了麻煩，探險隊出發之後，便音訊全無，直到半個月前，我才突然接到了英屬圭亞那政府的通知，說是超文昏倒在距離利馬高原三十里的地方，由當地土人發現，目前精神狀態十分不好，需要立即就醫，我立即包了一架專機，去將他接了回來……」

「那架專機的費用是三十多萬！」馬夫人像是還十分肉痛。

「那對於你們來說，也不過是九牛一毛而已。」木蘭花淡淡地回答。

「超文從英屬圭亞那回來之後，舉止變得十分怪異，他……唉，我不知他為了什麼刺激，他拒絕接受任何醫生的診視，有的醫生說那是他為了極度驚恐的緣故，他整天將自己關在房中，將窗簾拉實，房中漆也似黑，據送飯進去的女傭說……他……他……」

馬多祿講到這裡，馬夫人又忍不住哭了起來。

「他怎麼樣？」心急的穆秀珍立即問。

「唉，那女傭說超文的眼睛會放出青光來，像鬼一樣，她被嚇得已經辭工不做了，而他又時時自言自語，講的話我們也聽不懂，自從三天前，他和我吵了一場之後，我連他的面也見不到了，他每次要食物，只肯打開一道門縫來，唉！」

馬多祿不住嘆氣，不住搖頭。

「你們吵什麼啊？」木蘭花問。

「那是我實在忍不住了，我衝進他的房間，他突然跳了起來，看樣子像要打我，我大聲喝止他，他便向我叫罵起來，說我在他的眼中，只不過是一個乞丐！」馬多祿攤開手道：「你想這是什麼話？」

木蘭花緊蹙著雙眉，道：「……這個你從英屬圭亞那接回來的人，的確是你的兒子麼？」

「當然是，他到了美國四年，去年回來過一次，我們怎麼會弄錯呢？」

「那就麻煩了，他既然將自己關在房間中，連父母也不肯見，我們怎麼去見他呢？」

「我請求兩位，兩位小姐一定有辦法的，我財產雖多，但是兒子只有兩個，超武……是沒有出息的了，超文卻是十分有出息的，他已經為美國一個很大的礦務公司聘為研究員了。我看到他這種情形，心中實在比刀割還要難過！」

「那麼，他回家以後有沒有和外人聯絡過？」

馬多祿回頭向馬夫人望去，顯然他在家的時候不多，究竟情形如何，他也不很清楚。

「沒有，」馬夫人回答：「只是在開始的那幾天，有人打電話來找他，我們叫他聽，他卻死也不肯出來，而且他將房內的分機也砸壞了，拋出房間來。」

木蘭花站了起來，來回地踱著步，馬多祿夫婦以急切的眼光望著她。

19 煞星

好一會，木蘭花才道：「看樣子，他不但曾受過極度的驚恐，而且這種恐懼，似乎到現在還在包圍著他——好，我和你們一起去看看他，但是我必需攜帶一些工具，請等一等。」

她一講完，便向樓上走去，留穆秀珍在陪著馬多祿夫婦。

木蘭花上樓大約七八分鐘，而這七八分鐘，可以說是馬多祿夫婦一生之中最尷尬難受的日子，因為穆秀珍什麼也不說，就是罵著花花公子馬超武，數說著他的一切醜行。

馬多祿夫婦實是難堪之極，所以當他們一見到木蘭花從樓上下來時，如逢大赦，連忙迎上了去，道：「我們該走了，我們該走了！」

他們兩人一面說，一面還面紅耳赤地抹著汗。

木蘭花上樓去，事實上只要兩三分鐘就夠了，正因為她聽得穆秀珍在罵馬超武，所以她才遲一點下來，好讓馬多祿夫婦多難堪一陣，這也算是對他們兩人縱子放蕩的懲罰。

這時，木蘭花的手中提著一隻小小的木箱，也沒有人知道她箱子中裝的是什麼，一行四人出了鐵門，坐上了馬多祿的大房車，向市區駛去。

馬多祿的住宅，是在市區最高貴的住宅，住在那個地區的人非富即貴，而馬多祿的住宅即使在這個住宅區中，也是最突出的，還未到達，大花園中六株高可二十尺的雪松，便已經映入眼簾了。

而到了門前，在花崗石的圍牆之間，是兩扇黃澄澄的銅門，金光燦燦，象徵著它的主人是季子多金的大富豪。

汽車一到了門前，大門便立時打了開來，光是那間傳達室，便已經是有小富翁的住宅規模了，一排落地玻璃，完全是華麗的陳設，這時正有四個彪形大漢在玩著紙牌，看到汽車駛進，立時站了起來，一看情形，便知道這四人是主人的保鏢。

車子駛進去。駛了三十碼左右，兩旁全是碧綠的草地，和修剪得成為圓球形的樹木，然後，在兩株大金鳳樹之後。看到了那幢非同凡響的洋房。

車子在洋房前停了下來，馬多祿夫婦下車，已經有五六個男女僕婦侍立在門口。馬多祿夫婦將木蘭花和穆秀珍兩人請了下來。

也就在這時，只聽得「碰」地一聲響，一扇門打了開來，一個穿著紫紅色上裝的人，跳不像跳，走不像走地扭了出來。

那人的年紀絕不輕了，少說也在三十開外，可是他的打扮，卻像是十五六歲的小阿飛。

他三步一扭地走著，臉上帶著令人作嘔的那種過慣了夜生活的人才有的灰敗臉色。

他在門口站了一站，陡地看到了木蘭花和穆秀珍兩人，身子一挺，一揚手，道：「嗨！」

木蘭花和穆秀珍連睬也不去睬他，她們心中都知道，那就是馬超武了。

馬超武卻繼續向她們走來，穆秀珍面上帶著笑容，伸手出去，道：「馬先生，你好！」

馬超武連忙伸手相握，臉上還帶著極其輕薄的笑容，望著穆秀珍，甚至連左手也在撫摸著穆秀珍的手，可是他臉上的那種輕薄的笑容，在三秒鐘之內便消失了，繼之以一種十分痛苦的神情，接著，他彎著身子，尖聲叫了起來，汗如雨下。

「咦，馬先生，你發羊吊病麼？」穆秀珍仍然握著他的手不放，繼續用力，但是她卻十分輕鬆地問。

「放……手……放手……」馬超武連嘴唇都白了，他的手在穆秀珍的手心中，發出「格格」的聲音來，他用力向後拉著手，一面怪叫著。

「好，放手就放手！」穆秀珍五指一鬆，馬超武身子突然向後一仰，「騰騰騰」地連退了三步，跌倒在地上，馬超武的尖叫聲將四個保鏢一齊引得奔了過來，馬超武跌在地上，指著穆秀珍，道：「打，打她！」

穆秀珍雙手叉在腰際，道：「好啊，過來，一齊上，來啊！」

馬多祿在這時候也大聲喝道：「不准動，這是我請回來的貴賓，木蘭花小姐！」

「木蘭花小姐」這五個字，像具有莫大的魔力一樣，那四名彪形大漢一聽，相顧失色，連忙向後退了開去。

馬超武站了起來，怒道：「什麼木蘭花，木蘭花是什麼東西！」

「馬先生，」木蘭花冷冷地道：「請你口中放尊重一點！」

「超武，別得罪穆小姐。」馬夫人也連忙喝阻：「穆小姐是來救超文的。」

「哈哈，」馬超武放肆地笑了起來：「超文這小子還有救麼，趁早將他送到瘋人院去吧，好，木蘭花，我叫你看我的厲害！」

他一面指著木蘭花，一面向後退了開去，由那四個保鏢簇擁著走了。

「唉，穆小姐，我不知道怎樣向你道歉才好！」馬多祿為難地說。

「不要緊的，只要馬超文是一個有為的青年，我是樂於幫助他的。」木蘭花回答著，她的回答使馬多祿夫婦安下了心來。

他們四個人走進了大廳，已有傭人捧上茶來。木蘭花搖頭道：「我想我們也不必客氣了，還是先到令郎居住的地方去吧。」

馬多祿忙道：「好，好，他住在二樓。」

這幢三層高的洋房，竟然是有著升降機的，升降機十分寬大，放著沙發，到二樓的時間，其實還不夠坐下和站起來！

走出升降機，又是一個客廳。在客廳的東首，是一扇緊閉著的門，在門外，坐著兩個護士，兩個大漢，和一個醫生模樣的人。

「我們怕他有什麼意外，所以加請了兩個保鏢，還請了醫生日夜守候著。」馬多祿解釋著。

「令郎就在房中？」木蘭花直截地問。

「是的，他在房中，那是他的臥室。」

「請你們任何人不得到我的吩咐，便不要出聲，也不要表示有人來看他。」

「可是穆小姐，他是鎖著門的，新型的鎖又沒有鎖匙孔……」

「不要緊，我不是帶了工具來了麼？」木蘭花輕輕地走到了門前，打開木箱，她的木箱放著兩樣東西。

一樣是一支十分小巧的電鑽，還有一樣，則是一具類似望遠鏡似的東西，那樣東西是木蘭花自己設計的，它有一個廣角鏡頭，有紅外線觀察器，和一個可以伸縮，直徑只有八分之一英吋的觀察筒。

當電鑽在門口鑽出一個小洞之後，將觀察筒伸進去，就可以看到房中的一切了。

當她準備好電鑽之後，她低聲道：「馬夫人，請你拍門，叫喚他開門，等醫生來檢查他的身子，拍門聲越大越好。」

馬夫人走了過來，依著木蘭花的吩咐，用力地拍著門，嘶啞地叫著，門內卻一點反應也沒有。木蘭花本來也不希望門內有什麼反應，她只是要藉著拍門聲來掩飾她使用電鑽時所發出的輕微的「嗡嗡」聲而已。

她的那具電鑽是有著散聲設備的，聲音本已低到了極點，然而木蘭花是一個行事十分小心的人，所以她仍要馬夫人來協助。

她費了一分鐘，便已鑽通了門，她將電鑽的鑽頭退了出來，又將她自己設計的偷窺器的觀察筒輕輕地伸了進去，才示意馬夫人停止拍門。

木蘭花先側耳細聽了一回，仍聽不到什麼，然後，她才將右眼湊在觀察鏡上，向前看去。

她可以看到，眼前是一間十分寬大的臥室，臥室中的確十分黑暗，如果沒有紅外線觀察設備，她是沒法子看清臥室中的情形的。

但這時她卻可以看得很清楚。

她看到臥室中十分凌亂，床上的被褥堆成了一堆，房內浴室的門開著，地上全是待洗的衣衫，浴室中顯然沒有人。

在左首，是一張相當大的寫字檯，檯上堆著許多文具和書籍，木蘭花略為注意了一下，全是有關地質學方面的專門書籍。一張椅子離書桌十分遠。

床上並沒有人，那張椅子上也沒有人，一張安樂椅上也沒有人，而浴室中也沒有人。

那是一間空房間！

可是馬多祿夫婦卻說他們的兒子是在這間臥室之中，這是怎麼一回事？

木蘭花本來就覺得這件事含有極其濃厚的神秘性，這時她更覺得神秘了。

她緩緩地吸了一口氣，藉著可以轉動的廣角鏡頭，她可以看清房間的每一個角落，但當她再看了一遍之後，房間中實在是沒有一個人！

木蘭花轉過身來，她立即遇到了許多雙帶著問號的眼睛。

木蘭花望向馬氏夫婦，道：「令郎在裡面？」

馬氏夫婦臉上變色，道：「穆小姐，你這樣說法，是……是什麼意思。」

「十分抱歉，這間臥室中沒有人。」

「不可能，不可能的！」

「的確沒有人，不信你們看！」木蘭花用力一掌，擊在門鎖部分，她手肘再一撞，膝蓋同時一頂，「砰」地一聲響後，門已被她撞了開來。

她一伸手，便找到了門旁的電燈開關，「啪」地開著了電燈。

臥室之內立即大放光明，在外面的每一個人，都可以看清臥室中的情形，臥室中的確沒有人……

「如果他曾經在這臥室中的話，那麼如今，他是已經失蹤了。」木蘭花冷靜地說。

馬多祿夫婦幾乎是跌進房間中來的，他們面如死灰，舉目四望道：「他上哪兒去了呢？門外日夜有人看守，他上哪裡去了呢？」

2 又失敗了

木蘭花的動作十分敏捷，她拉開了所有的窗簾，推開了一扇通向寬大的陽臺的玻璃擋門，道：「他從這裡出去的，爬下牆走了。」

馬多祿夫人哭了起來：「天啊，他為什麼要這樣？」

「馬先生，」木蘭花將她帶來的工具又放回木箱中：「令郎失蹤了，這是警務工作的範圍，方局長不會不理的，我們要告辭了。」

「穆小姐，你……答應過幫助超文的。」

「穆小姐，你說超文會有危險？」

馬氏夫婦一人一句地問著木蘭花。

「兩位，我如今對於令郎究竟發生了什麼事情，仍是一無所知，我怎能回答你們的問題？我想警方一定可以給你們足夠的幫助的。」

「穆小姐，就算警方肯出力，我也是相信你，請你救救超文，請你！」馬多祿幾乎也要老淚縱橫了。

「照我看，」木蘭花回道：「馬超文未必有危險，就算有危險的話，也還可救；倒是馬超武，不但危險，而且就快沒有救了！」

「唉，」馬多祿嘆著氣，他自然明白木蘭花的意思，木蘭花是說他放縱馬超武。「只要穆小姐肯出力，我一定好好管束超武。」

「遲了，馬先生，你應該在他三歲的時候管束他，而不是在他三十歲的時候，好吧，你去通知警方，如果警方同意我協助調查的話，那我就——」

木蘭花才講到了這裡，門上便響起了高翔的聲音。道：「警方當然是希望你參加的。」

木蘭花和穆秀珍轉過頭來，發現高翔已經站在門口了，他的身後還有幾個便衣探員，他走進了房內，道：「怎麼，他失蹤了麼？」

「你是怎麼知道的？」

「一進屋就聽傭人在說起了。」高翔回答：「請不相干的人退出這間房間去。」

保鏢、醫生和護士都退了出去，高翔向馬氏夫婦作了個手勢，道：「請！」

馬多祿道：「我們——」

高翔不等他說完便道：「你們在這裡，只有擾亂我們的工作，快請出去！」

馬氏夫婦無可奈何地退了出去，高翔吩咐著他帶來的便衣探員，採集房間的所有的指紋，木蘭花則站在書桌之前，望著桌上的東西。

她只是望著，並不去動那些東西。

高翔來到了她的身邊，道：「蘭花，這件事你有什麼意見？」

木蘭花微微一笑，道：「你處理這件事已有幾天了，怎麼反來問我，這句話應該我問你才是。」

當馬多祿夫婦來找木蘭花的時候，說是警方不願受理這件事，所以才來找木蘭花的，但是高翔此時的出現，卻說明警方早已受理這件事了，只不過沒有成績而已，而且，以馬多祿在市政府中的潛力而論，他的事，警方怎會不理？

高翔面上一紅，十分尷尬，道：「我……我也一點頭緒都沒有。」

木蘭花不再與高翔為難，只是問道：「你是從什麼地方開始著手進行的？」

「我先調查那個探險隊。」

「唔，然後呢？」

「然後我就擱了淺，我想和馬超文晤面，可是他不肯開門，我曾經一連幾晚爬上陽臺，在玻璃縫中看他，我所看到的是十分奇怪的現象——」

高翔講到這裡，搖了搖頭，像是他所看到的現象，就算講出來也不會有人相信一樣。

木蘭花是可以沉得住氣的，但穆秀珍卻已忍不住了，她忙問道：「你看到了什麼？」

「一連幾晚，我都看到馬超文在埋頭看書，奇怪的是，他看的書籍，都是一些有關南美洲的地理和礦物書籍。有時，他還喃喃有詞，也聽不清他在講些什麼，而且，他像是知道我在外偷窺一樣，時時在檢查著窗戶是否關緊，窗簾是否拉實，所以我要時時躲閃，我可以說沒有看到什麼……」

穆秀珍嘟起了嘴，道：「當然囉，如果你看到了什麼，你還會叫馬多祿來找我們麼。」

高翔不好意思地笑了笑，道：「照我看來，馬超文的精神一定不很正常，但是馬氏夫婦卻又不肯承認這一點！」

「我也不相信他的精神不正常。」木蘭花一直只是靜靜地聽著，直到此際，她才講了一句話。

高翔呆了一呆，道：「那麼他是——」

「你調查那個探險隊的結果怎樣？」木蘭花打斷了他的話頭。

「那個探險隊是受到美國一家報紙資助的，條件是探險隊所發現的一切都要供給這家報紙作優先刊載之用，這是十分普通的事，探險隊的目的地是利馬高原，一共有十三個人——這是一個不祥的數字，結果這個探險隊果然十分不祥，除了馬超文一個人以外，其餘人完全失蹤，凶多吉少了。」

木蘭花雙眉緊蹙，一聲不出。

「至於馬超文，他被人在高原峭壁附近發現的時候，是陷入半昏迷狀態之中的，他是如何下得峭壁的，連他自己也說不出所以然來。最先接觸他的醫生說，他的腦部神經受了過度的刺激，而有輕微的分裂現象！」高翔將自己所知的一口氣說了出來。

「如此說來，他是精神有毛病了？」穆秀珍望著木蘭花。

「不，當時他可能因為過度刺激而使腦神經緊張得有異於常人，但當他回家之後，他一定完全恢復正常了！」木蘭花態度堅決地說。

「你憑什麼這樣肯定呢？」高翔和穆秀珍兩人異口同聲地問。

「目前我還不能告訴你，我看我們要做的第一件事，就是先去安慰尖叫的馬夫人；第二件事，便是等馬超文回來，和他見面！」木蘭花一面說，一面已向外走去。

在房間外的休息室中，恰如木蘭花所說，馬夫人一面哭著，一面發出可怕的尖叫聲。

高翔和穆秀珍兩人急急地跟在木蘭花的後面，問道：「馬超文回來，他會回來麼？」

木蘭花並不回答兩人，她只是來到了馬夫人的面前，突然揚起了手，大聲道：「誰也不准出聲，聽我說！」

她充滿權威和信心的聲音，使得馬夫人立時停止了尖叫，也使得馬多祿不再唉聲嘆氣和團團亂轉。

「馬先生，馬夫人，你們一點也不必難過，我可以保證令郎沒有事，他只不過不要人打擾他，所以行動才顯得神秘而已，你們要知道，這裡是一個豪富的家庭，和他所從事的研究工作是格格不入的，他不得不如此，來使他有多些時間從事研究！」

高翔和穆秀珍聽木蘭花將事情講得如此簡單，兩人不禁相顧愕然。

「那麼，他現在在哪裡呢？」馬夫人的眼淚又流了下來，看樣子她還想繼之以歇斯底里的怪叫。

「他現在不會有什麼事的，」木蘭花連忙說：「他可能是去買東西，去找一些參考書，去見一個朋友，令得你們擔心的是他離去的方式，他是爬牆離去的，我想他大概就要回來了，我們不妨打開房門，看著他再從騎樓中爬回來。」

「蘭花姐，你是說——」

「現在別多問，這是一件極小的小事，只不過因為馬氏夫婦對兒了過分的寵愛，所以才變成了看起來十分嚴重的大事。據我的推測，馬超文在利馬高原上。一定有了前人所未曾發現過的新發現，但那時，探險隊一定在重重險阻之下，隊員紛紛死亡，他自己也到了支持不住的地步，精神十分恍惚，所以他在脫離險地之後，不能夠肯定自己所見的是否是事實，他要做一番研究工夫，極可能他準備著第二次利馬高原之行——」

木蘭花侃侃而談，各人聽得一聲不出，而且心中也感到木蘭花說得十分有理。就在木蘭花講到「第二次利馬高原之行」之際，馬超文臥室通向陽臺的玻璃門突然發出了聲響，木蘭花立時道：「你們看，他回來了，我們都別出聲，也使他驚愕一下。」

馬超文臥室的房門是開著的，木蘭花這樣一說，人人都向前看去。

果然，看到窗簾在顫動，那自然是玻璃門被推了開來的緣故。

事情發展到這一地步，木蘭花的推測幾乎已全部證實了，似乎只要等馬超文現身，再解釋一番，滿天烏雲就可以消散了。

高翔已不再望向臥室，而用欽佩的眼光望定了木蘭花。馬夫人張開了雙臂，似乎想擁抱她的兒子。

可是，就在這時候，窗簾顫動得更厲害，一個人從窗簾後面走了出來。

那人顯然未料到房門是開著的，而且還有那麼多道目光從房門外射進來，所以他的身子才一離開窗簾的遮蔽，便立即呆住不動，臉上尷尬愕然的神情，更是難以形容。

而不但是他呆住了，在房門外，望著臥室的所有人也都呆住了。

那從窗簾後面走出來的人，的確是馬多祿紳士的兒子，但卻不是二兒子馬超文，而是大兒子馬超武！

這是出乎每一個人意料之外的事情，尤其出乎木蘭花的意料之外！

剎那之間，木蘭花的腦際不知閃過了多少問題：馬超武何以會在這裡出現？馬超武爬牆入室的用意何在？馬超武在這件事情中扮演什麼角色，這件事情的性質究竟如何？

木蘭花一面紊亂地想著，一面一個箭步向前躍了出去，和她一起動作的是高翔，兩人在馬超武兀自錯愕不定間，便一個在左，一個在右，將馬超武的手臂緊緊抓住。

「這算什麼？」馬超武掙扎著尖聲叫了起來。

穆秀珍也竄進了臥室，她「刷」地拉開了窗簾，玻璃門開著，她回過頭來。「這小子是沿著牆爬進來的。」

「那又怎麼樣？」馬超武的神色鎮定了下來，態度也轉為強硬：「這不是我的家麼？我要怎麼進來，就可以怎麼進來。」

「可是這卻不是你的臥室！」高翔冷冷地道。

「這……這……」馬超武突然面上變色，但他隨即大聲道：「你是什麼人，與你什麼相干……」

「凡是違法的事都與我相干。」

「我犯了什麼法？」馬超武理直氣壯地反問。

高翔不禁愕然，的確，馬超武爬進了他弟弟的臥室，這件事，是無論如何不能和「犯法」扯在一起的。

馬多祿這時也走了進來，馬多祿連聲道：「誤會，這是誤會，高主任，請你放手。」

高翔和木蘭花兩人同時鬆開了手，馬超武抖了抖身子，瞪著他們兩人。

「唉，超武，」馬多祿嘆著氣：「好好的大門你不走，要爬牆作什麼？」

「我……我只不過想看看超文神神秘秘究竟在做什麼而已，那又有什麼大不了，何必這樣緊張？」馬超武揚著雙手，向門外走去。

「別走！」高翔陡地攔阻。

但是木蘭花隨即輕輕一拉他的衣袖，低聲道：「由他去，我們可以再設法的。」

馬超武轉過身來，道：「為什麼別走？我要請你出去，別在我家中生事。」

「超武，不要無禮！」馬多祿斥喝著，馬超武才悻悻然地走了開去，進入升降機，上三樓去了。

「派三名最能幹的便衣人員，對馬超武進行嚴密的監視，」木蘭花低聲道：「將他的一行一動，和他所接觸的一切人，都記錄下來。」

「好。」高翔答應著，「這傢伙究竟在搞什麼鬼呢？他為什麼……」

不等高翔問完，木蘭花便心煩地揮了揮手，道：「別問我，我如今變得什麼也不知道了！」

的確，自窗簾後面走出來的是馬超武，而不是木蘭花意料中的馬超文，這使得木蘭花事先所作的推測，完全不能成立了。

而這種種推測的不能成立，說明木蘭花在這件事上一開始便思考錯誤，所以才會有這樣的失敗。

這使得木蘭花極其懊喪，但是她卻不氣餒，她要重新整理出一條正確的思路來，所以她需要靜靜的思考，而高翔向她發問，正是打斷她的思路，所以她才揮手不令高翔說下去。

她在臥室中來回踱著步，不到三分鐘，馬夫人又尖聲叫了起來：「我的超文呢？我的超文他上哪兒去了？天啊，超文啊！」

木蘭花嘆了一口氣，又來到了馬夫人的身邊，道：「馬夫人，我剛才的推測有一些錯誤，但是對令郎的安全，我還是保證的！」

「嗯哼，」馬多祿突然大聲地咳嗽了一下，「太太，超文既然失蹤，我想這件事情，警方一定有足夠能力處理的，你放心好了！」

馬多祿在講這幾句話的時候，雖然面對著木蘭花，但是他的雙眼卻並不望著木蘭花，而是望著天花板，顯然是他看不起木蘭花的表示。

穆秀珍在一旁看到了馬多祿這種前恭後倨的情形，不禁大怒，大聲道：

「你——」

然而她下面的話還未出口，木蘭花便用肘部在她的身上撞了一下，不令她再說下去。同時，木蘭花自己則帶著淡淡的微笑，道：「馬紳士說得對，這件事警方已足可以處理的，我們告辭了。」

馬多祿的態度變得十分冷淡，道：「噢，兩小姐要走了麼？陳管家，送客人下樓！」

「哼！」穆秀珍實在忍不住氣，大聲叫了起來：「死了也是你的兒子，關我們什麼事？」

馬多祿裝著聽不見，馬太太卻哭得更大聲了些，木蘭花唯恐穆秀珍再講些更難聽的話出來，連忙拉著她，從樓梯走了下去。

她們穿過了大廳，到了門口，那四個保鏢正橫眉怒目而立，可是一見到她們，卻連忙退了開去。

穆秀珍雙手叉腰，「哼」了一聲，那四個大漢更是誠惶誠恐，道：「請，兩位小姐請！」

木蘭花拉著一心想要生事的穆秀珍向外走去，出了馬宅的大門，木蘭花才嘆了一口氣道：「秀珍，別生氣，是我推測錯誤，怪不得他們的。」

「哼，全是卑鄙小人！」穆秀珍一肚子氣，兀自難以平復。

「你放心，要出氣，我們只要將馬超文找回來，不就行了麼？」

「啊，蘭花姐，你可是知道馬超文在什麼地方麼？」穆秀珍立時轉嗔為喜。

「當然不，我相信他會回來的，我們在附近等著，馬超文在出去的時候，是攀圍牆出去的，回來的時候，一定也是攀牆而入，我們只要等著，總可以碰到他的！」木蘭花十分有信心地說。

「好，看到他爬牆，先將他揪下來打一頓！」

「咦，關他什麼事？」

「這——」穆秀珍難以回答，連她自己也為自己的魯莽而好笑了起來！

她們兩人分別躲在不同方向的灌木叢中，半小時後，他們看到高翔告辭，走了出來，然後，她們聽到屋子中傳出了隱約的爭吵聲，最尖銳刺耳的，當然是馬夫人所發出的聲音。

又過了半小時，巨宅中靜了下來，燈光也漸漸地減少，巨宅籠罩在一片漆黑之中，更加顯得神秘。而這時，有一個人，悄沒聲地從對面的樹叢裡竄了出來，向前疾行幾步。

穆秀珍幾乎便要撲了出去，但木蘭花卻將她按住，以極低的聲音道：「別動。這是高翔派來監視馬超武行動的便衣探員！」

果然，那條人影竄出兩步，並不撲向圍牆，只是爬上了一株樹，隱沒在濃密的樹葉之中。

四周圍變得更靜了，等待中的馬超文並沒有出現，穆秀珍越來越不耐煩，但是木蘭花面上的神情卻無變化，仍然是那樣地現著鎮定。

又過了一個小時，忽然有一個人，慢慢地循著山上的馬路走了上來。

那人的步履十分匆忙，他身上穿著一件雨衣，領子翻得十分高，以致將他的臉部一齊埋在衣領之中。

那人沿著路，一直向馬宅走去，木蘭花和穆秀珍兩人互望了一眼，穆秀珍立時以她們兩人之間的「唇語」道：「這大概是他了！」

木蘭花點了點頭。

那人走到馬宅圍牆的旁邊，突然停了下來。

木蘭花已經準備慢慢地直起身子來了，可是那人卻忽然取出了打火機，「喀喀」地打著火，要吸起菸來。

木蘭花忙又伏著不動，一個要攀牆而入的人，是不會在攀牆之前吸菸的，這是再明顯不過的道理，那麼這個人當然不會是馬超文了。

那麼，這人是誰呢？是不是一個過路客那樣簡單呢？

那人的打火機似乎應該修理了，他不斷地打著，少說也打了幾十下，而打火機所發出的輕微的「喀喀」聲，聽來似乎十分有節奏。

木蘭花心中陡地一動，她更仔細地聆聽。

一點不錯，那種「喀喀」聲，時長時短，那分明是一種通訊的密碼！

這人是在發電訊！

他為什麼要在馬宅的圍牆之外發電訊呢？

那當然是為了他使用的這種通訊工具，只能在近距離使用之故，接受通訊的人在馬宅之中，所以他才需到馬宅之外發電訊。

那麼，他發電訊的對象是什麼人呢？

木蘭花迅速地思忖著，那人的通訊似乎也完成，打火機終於出現了火光，那人點著了菸，深深地吸了一口，又繼續向前走去。

他走到了轉彎路口的時候，毫不猶豫地轉過彎去。

木蘭花立即低聲道：「秀珍，你在這裡等我。小心等候著，看馬超文是不是回來，他如果回來的話，你也不可以有任何動作，我去跟蹤那人，如果到天明，我還沒有回來，你就自顧自回家去，我一定已在家中了！」

穆秀珍點了點頭，而木蘭花話才說完，身子已和狸貓也似向前竄了出去，她是在矮木叢中向前竄出的，除了發出輕微的「索索」聲，和樹木略為動了幾下之外，幾乎一點別的徵象都沒有。

六分鐘後，木蘭花已在前面的路上出現，只見她略停了一停，便向那人轉彎走去的那條路走了過去，她的身子立即為房子遮住了。

穆秀珍目送木蘭花離去之後，打了一個呵欠，又不耐煩地等候起來。

漸漸地，她感到身上有些潮濕，那是霧水，表示天快亮了。她看了看手錶，已是清晨五時了，又過了一個小時，天色已經將明了。

穆秀珍嘆了一口氣，她白等了一個晚上！

木蘭花去跟蹤那個人了，不知道有什麼結果，穆秀珍急於想知道，木蘭花吩咐她等到天亮的，這時，天已經開始亮了。

穆秀珍不耐再等下去，她站起身來，抽了抽身子，向樹上招了招手，道：「喂，便衣老友，你也該換班了。」

樹上傳來一個無可奈何的笑聲，一個便衣探員從樹上爬下來道：「穆小姐，原來是你，換班的時間還沒到，我只是想喝一杯咖啡。」

「去吧，保你沒有事的！」穆秀珍輕鬆地說著，那個探員和她一齊向下面走去。

他們沿著那條筆直的下山路向下面去，而就在他們離去不久，在一條橫路上，卻有一個年輕人急步向前走來。

那年輕人的衣服，一看便知道質地極其名貴，價值不菲，但這時，名貴的衣服卻十分難看地「包」在他的身上。

他的面色蒼白，他的口唇更是青得可怕，但是口唇的線條，卻又顯出這個年輕人有著十分剛毅的性格。

他一直向馬宅走來，到了圍牆之前，停了一停然後手足並用，向上攀去，他很容易地就攀上了牆頭。

但就在當他一横身，要翻進花園中去的時候，突然看到牆裡面揚起一隻手，五指併攏，一掌劈在那年輕人的後頸上，令得那年輕人的前額重重地碰在圍牆上，額角破損，看情形他立時昏了過去。

圍牆之內，又伸出了更多的手來，將那個年輕人的身子接了進去。

不到兩分鐘，一輛卡車駛了過來。那年輕人的身子又在牆頭出現，但是這次，他的身上已經被裹上了兩條毛毯，卡車在駛過圍牆之際，兩個蹲在卡車上打瞌睡，看來像是苦力的男子，突然站了起來。

一切配合得可稱天衣無縫，那兩個人才一站起，被毛毯裹住了身子的年輕人，便被圍牆中的手拋了下來，由那個人接住，放在卡車上，立時蓋上了一塊殘舊的帆布。

那塊帆布的殘舊程度，只使人想起蓋在下面的一定是爛麻包，而絕對想不到是一個人！

當帆布蓋住了那個年輕人之後，一個苦力模樣的人，伸手在車蓋上拍了兩下，卡車的去勢陡地加速，駛上了山路，一個轉彎，順著木蘭花昨晚消失的那條路駛去，轉眼不見了。

這一切，只不過進行了半分鐘。

五分鐘後。那探員又回來了，他的精神看來比他和穆秀珍一齊離去的時候好得多，那當然是一杯熱咖啡的功效，然而這一杯熱咖啡，雖然使他的精神好了不少，卻也使他沒有看到剛才發生的那一幕。

穆秀珍自然也未曾看到這一幕，她等了一個晚上，一無所得，而在她離開之後不到十分鐘之內，就發生了那麼多的事情。

這要說她不夠運氣也好，說她心急，離開得早了一些也好，總之，她是錯過了機會。

而等到穆秀珍回到家裡的時候，木蘭花還沒有回來，電話鈴卻不斷地響著。

穆秀珍拿起了電話，就聽到高翔的聲音道：「喂，你們上哪裡去了？我找了你們一整夜了！」

「還不是在那個姓馬的家旁，等著他那寶貝兒子！」穆秀珍沒好氣地說。

「你們等到了沒有？」

「沒有，我還正想問你，是不是找到了馬超文呢！」

「唉，全市的探員都出動了，可是一點頭緒也沒有，馬多祿又不肯將事情公開，只肯讓我們在暗中進行，真麻煩！」

「你麻煩什麼？不見了的，又不是你的兒子，讓馬多祿這老——」穆秀珍才講到這裡，便看到木蘭花推門走了進來。

地連忙將要罵的話縮了回去，道：「咦，如果沒有什麼事情，你別打電話來吵我們了。」

「秀珍，蘭花在不在？我要和她講話。」

高翔的聲音太大了，連向穆秀珍走來的木蘭花都聽到了，她接過了電話，道：「咦，你們進行得怎麼樣？」

「唉，一點頭緒也沒有，馬超文離開本市已經很久了，回來之後又一直在家裡，如今突然失蹤，叫我們上哪兒去找他的人去？」

「你別沮喪，你能到我這裡來麼？我倒有一點小小的線索。」

「我來，我來，我立即就來！」「啪」地一聲，高翔搶先將電話掛上了。

「怎麼，蘭花姐，」穆秀珍一面打著呵欠，一面道：「看你的樣子，也像是一夜沒有睡了，你還約他到這裡來，這根本不干我們的事情。」

「你還在小氣？秀珍，你可曾等到馬超文？」

「沒有，我剛回來。」

「咦，他應該到家了啊！」木蘭花奇怪地說。

「蘭花姐，你這樣說，是什麼意思？」穆秀珍的眼睛瞪得老大。

「我是說，馬超文在天亮之前，應該回到馬家了。」木蘭花重覆了一遍。

「你，你怎麼知道的？」穆秀珍心中的疑問太多，一時之間不知道問什麼才好，只好問了這樣的一句。

「我見過他。」木蘭花的回答很簡單。

「在哪裡見他？你跟蹤的那個人就是馬超文麼？他在搞些什麼鬼？」穆秀珍的問題，像機關槍子彈也似迸射了出來。

但木蘭花卻不回答，她只是坐在沙發上閉目養神，看她的神情，似乎這一夜來的收穫很不少，頗有欣然自得之狀。

穆秀珍知道，在這樣的情形下，自己是問也沒有用的，自己越是問，木蘭花便越是不肯說，因為木蘭花說她性急，要用這個辦法來磨練她的急性子，所以她賭氣不出聲。

高翔來得好快，至多不過十分鐘，他便趕到了，他只怕是闖過了所有的紅燈，才能夠在那麼短的時間之中趕到這裡的。

高翔走進了客廳，木蘭花仍是懶洋洋地躺著養神，只不過伸手指了指電話機，道：「你打個電話到馬家去。」

「打個電話到馬家去？這是什麼意思？」

「馬家一定會告訴你，馬超文已經回去了。」

「蘭花，別開玩笑了，我在離開之前半分鐘，馬多祿還打過電話來——那是他一個晚上的第三十七次電話，追問我們是不是有了線索！」

木蘭花陡地睜開眼來，她的面上現出了十分訝異的神色來，道：「不會吧。馬超文這時候應該已經到達家中了啊！」

穆秀珍拿起電話來，道：「我來問！馬家的電話號碼是多少？」

高翔說出了一個電話號碼。穆秀珍撥通了電話，立時有人接聽，接聽的人是一個嗓子十分嘶啞的男人，那正是馬多祿的聲音。

他道：「可是超文有消息？」

除了穆秀珍，高翔和木蘭花也聽到了那句話。

這證明馬超文還未曾回家！

穆秀珍不出聲，只聽得馬多祿繼續道：「咦，你是什麼人？你們……是不是綁了超文？要多少錢，你們只管說！」

穆秀珍重重擱上電話，道：「豈有此理，將我當作了綁匪！」

木蘭花站了起來，在客廳中來回踱步，好半晌，她才抬起頭來，道：「我又失敗了，唉，想不到一開始以為這件事十分簡單，結果卻失敗了兩次，還得從頭再開始過！」

她在提到自己再次失敗的時候，一點也沒有沮喪的神情，這正是木蘭花強毅性格的表現。

「蘭花姐，你昨天晚上究竟在什麼地方，做了一些什麼事啊？你說你見過馬超文，那又是怎麼一回事呢？」穆秀珍忍不住又問。

「昨天晚上，我們一直守在馬宅的外面，」木蘭花先向高翔約略地講一下經過：「等那人離開之後，我便跟了上去……」

3 跟蹤

木蘭花的跟蹤，十分順利。

到了一個岔路口，那人向著一輛停著的汽車走去，就在他打開車門，要跨進汽車之際，木蘭花早已看清了車中並沒有人。

她一個箭步趕向前去，到了那人的背後輕輕地喝道：「別動，舉起手來。」

那人的身子一震，舉起了雙手來。

木蘭花看到那人的左手無名指上，戴著一只顏色十分純的紅寶石戒指，她不禁陡地呆了呆。

那塊十分名貴的紅寶石，卻是作五角形，這是十分稀少的寶石形狀。

木蘭花連忙後退了一步，道：「雷叔，是你？」

那人呆了呆，陡地放下了雙手，轉過身來。這時。他的雨衣領子雖然仍是高高地豎著，但是卻已經看得出他是一個神情十分嚴肅的中年人。

他陡地一呆，道：「蘭花，是你！」

木蘭花奇道：「雷叔，這麼晚，你在馬宅附近做什麼？」

那中年人也道：「蘭花，你在這裡做什麼？」

那中年人姓雷，名慎行，是本市一個十分有名的私家偵探，也是木蘭花的父執輩，和木蘭花的父親是相當要好的朋友。雷慎行的那只戒指是甚為有名的，他有個外號就叫「紅星神將」，有許多棘手的案子是他所破的。

木蘭花道：「馬多祿的次子有了麻煩，馬多祿是來求我設法的。」

「豈有此理，」雷慎行有些憤怒。「馬多祿已將事情交給了我，我已進行得很有頭緒了，他為何不相信我可以解決問題？」

「噢，雷叔，原來你已經有些眉目了麼？」木蘭花十分高興：「我想馬多祿也不是不放心，他只不過是心急而已，但是事情已生了變化，你知道麼？馬超文已經不在馬宅了！」

「我當然知道！」雷慎行聳了聳肩，道：「他每天晚上偷偷出來，已經一連三晚了。」

「他是到什麼地方去？」

「奇怪得很，他是去見一個心理治療醫生，我剛才到馬宅的附近，去問我派在馬宅的助手通消息，告訴他等候我的報告！」雷慎行一口氣地說著：「卻不料反倒被你在後面跟蹤。」

「雷叔，」木蘭花抱歉地笑了笑，道：「如果不是你那只戒指，我還認你不出呢！」

「當然囉，你現在是鼎鼎大名的女黑俠了，我雷叔卻仍然只不過是一個倒楣的私家偵探！」雷慎行似乎有些悻悻然。

「雷叔，」木蘭花知道雷慎行的為人，雷慎行在犯罪學、心理學、偵探學上，都有著相當高的造詣，但是他為人心胸卻十分狹窄，如果不是他心胸狹窄的話，他也不會一聽到馬多祿又找了木蘭花協助而立時發怒了，所以木蘭花不和他爭辯，只是道：「我哪裡能和你相比，你說已有頭緒，可以告訴我麼？」

「蘭花，雷叔已經很久沒有生意上門了，你給我做成這一次事可好？」雷慎行的話，聽來已經很不客氣了！

「當然，有你雷叔在進行，我還何必多事呢？」木蘭花連忙識趣地不再繼續問下去。

雷慎行揮了揮手，道：「再見！」他鑽進了車子，便駛了出去，木蘭花並沒有追上去，事實上，她沒有交通工具可供利用，只憑兩條腿要去追一輛汽車，那是沒有可能的事。

木蘭花後退了一步，背靠著牆，迅速地思索了起來，雷愼行說一連三晚，馬超文都偷偷出去找一個心理醫生，雷愼行顯然是知道這個醫生是誰，只不過他不肯說而已。

但為什麼馬超文要去找心理醫生呢？

在雷愼行看來，這件事一定十分簡單，而他之所以要單獨進行的緣故，那當然是為了他消沉已久，如果解決了這件事的話，那麼他的聲名便會再響起來了。

然而，木蘭花對於雷愼行是否會成功，卻抱著懷疑的態度。

因為，她認為這件事絕不會如此簡單，而是牽涉著許多未知的事情在內，因為她起先也將事情認為十分簡單，但是在馬超武從窗簾後出現時，卻將她這種想法推翻了！

她略想了片刻，又在心中自己問自己：馬超文去找的是哪一個心理醫生呢？

馬超文離開香港很久了，照理來說，他對香港的心理醫生是不會很熟悉的，但是雷愼行說他已一連三晚找心理醫生，那麼這個心理醫生一定是非常著名的一個醫生了，他是什麼人呢？

木蘭花並沒有想多久，便想到了蔣雲霆心理博士。

蔣博士是本市十分出風頭的人物，因為心理醫生這一個職業，儘管在歐美已是十分流行，但是在本市卻還是以蔣雲霆博士為第一人，而蔣博士的醫務所，似乎就在這個貴族的住宅區之內。

木蘭花幾乎已經得到答案了，她向前走出了一條街，在一個公共電話亭中，翻閱了一下電話簿，蔣博士的診所就在離電話亭兩條街處，而當木蘭花轉過一條街時，她已看到了雷慎行的汽車。

看了雷慎行的汽車之後，木蘭花更可以肯定，馬超文接連幾天所找的那個心理醫生是蔣雲霆了。

她不知道馬超文來找心理醫生究竟是為了什麼，但是想來也不外兩個原因：不是他心中有著什麼疑難的事要求教心理專家，便是他和蔣雲霆有著什麼特殊的聯絡，而不是有著有關心理方面的事情去請教他的。

但是木蘭花卻並沒有用心去猜想馬超文究竟是為了什麼才去的，因為她已看到了蔣雲霆心理博士的那塊銅招牌。

那是一幢較小型的洋房，圍牆矮得只有七呎高下，若要翻過去是輕而易舉的事情，而只要翻過圍牆之後，馬超文是為什麼要去找蔣雲霆的，她便立即就可以知道了！

她以十分輕巧的步法，走到了那扇鐵門前，她停了停，又向前走出幾步，在牆角處向前看了一看。

她才看了一眼，便立即縮回頭來。

因為她看到在前面四五碼處，一個人正縮著身子，蹲在牆腳下。

出於木蘭花的動作十分快，那縮在牆角的人顯然未曾看到木蘭花。

但木蘭花卻已經看到那人了，那人正是雷慎行，而且她還可以肯定，雷慎行正在利用竊聽器，在偷聽房子中的聲音。

雷慎行要偷聽的，當然是馬超文和蔣雲霆的談論聲了，如果木蘭花也有微弱聲波擴大儀的話，她也可以蹲在牆角便聽到室內任何細微的聲音。

但這時木蘭花卻沒有這種偷聽儀器在手，所以她輕輕地翻過了鐵門，來到小花園中。

她背靠著圍牆，向前看去，只見樓下東首有一間房間，有著微弱的光芒透出來，她用極輕極輕的步法向那個窗戶走去，到了窗下才停止。

她向窗內望去，只見室內的光線十分黑暗。

她首先看到一個留著山羊鬍子的中年人，那中年人坐在一張十分高的椅子上，一手執筆，一手拿著一本簿子，正在寫些什麼。

在那中年人的前面，一張安樂椅上躺著一個年輕人，那年輕人身上的衣服，質地十分名貴，而他的臉色卻異常之蒼白。

這兩個人都不說話，木蘭花已經可以知道那年輕人一定是馬超文了。她將耳朵貼在玻璃上，過了好半晌，才聽得那年輕人道：「蔣博士，我已向你敘述了三個晚上了，你可得到什麼結論了麼？」

「馬先生——」蔣博士用一種十分權威的聲音講著話。

木蘭花聽了之後，幾乎笑出聲來，因為以木蘭花的經驗而論，凡是用這種權威聲音來裝腔作勢的，大都是一竅不通的傢伙。

「馬先生，我得到了結論，你所講的，完全是幻想！」

「幻想？」馬超文搖了搖頭：「不，我可以十分清楚地記得，我的確記得十分清楚，我實在是記得的。」

「不，你不記得了，如果你真是那麼清楚記得的話，你為什麼自己不能肯定，而來要我分析？我分析的結果是，你是懷著這個目的到利馬高原去的，可是失敗了，於是你的潛意識使你生出這種幻想來，使你以為你真的見過這些幻象！」蔣雲霆博士每說一句話，便用筆在簿子上敲一下，以加重語氣！

「蔣博士，照你的分析來說，我的幻想應該是看到許多岩石，因為我是抱著研究利馬高原斷岩如何形成的目的去的，可是我如今看到的——唉，我看到的卻是那麼多的鑽石！」馬超文坐了起來，面色更其蒼白。

「別激動，年輕人！」蔣博士擺了擺手，「刷刷」地翻著手中的簿子：「你接連三個晚上的敘述，有著相同之處，那就是你見到了鑽石，大量的，是不是？」

「是。」馬超文點點頭，他又躺了下來。

「可是你三次所說見到的數量卻不一樣，有一晚，你說見到一大堆！昨天晚上，你說連樹洞中也是；今天，你則說成塊成堆的鑽石，大的有拳頭那麼大，遍地都是，究竟你看到了多少？」

「我……記不清了，我的確是看到了，多極了……那一定是鑽石，我相信全世界已經開採出來的鑽石放在一起，也不會有那麼多的，我敢肯定……」

馬超文講到這裡，竟激動得喘起氣來：「我的確是見到的，那些鑽石，幾乎是用不著琢磨的……」

「好了，馬先生，」蔣博士「啪」地闔上了簿子：「你可以離去了，至於費用，我會把帳單交給令尊的。」

他從高椅子上躍了下來。

「蔣博士，」馬超文也站了起來，他想了片刻，才又道：「很抱歉，我也不準備再麻煩你了，但是你三天來對我敘述的記錄，我可能看一遍麼？或許我可以在其中找出我當時的印象何以忽然之間變得如此模糊的原因，我相信你不反對吧？」

「當然可以，但是我要去休息了——而且你要記得我的結論，你所講的一切，全是你潛意識所產生出來的一種幻想！」他將那本簿子放在桌上，離開了這間房間。

馬超文雙手捧著頭，又過了好一會，才回坐到桌前，開始慢慢地翻閱著那本簿子。

過了十分鐘左右，木蘭花聽到外面傳來一陣汽車開動的聲音，她知道那是雷慎行離去了。

照理來說，木蘭花也可以離去了，因為她已聽到了馬超文和蔣雲霆的對話，她知道了馬超文來找心理醫生的原因，是因為他不能肯定自己在利馬高原上曾見到過的現象是否為事實。

事情到了這裡。應該已經結束了——從表面上來看，的確是如此，但是木蘭花卻想深瞭解一層，她想到：

如果事情就這樣結束的話，有許多疑點便變得無法解釋了，例如馬超文是如何會安然下了兩千呎高的峭壁，來到了利馬高原的下面，因而獲救的呢？

又例如，馬超文的哥哥，花花公子馬超武，為什麼又會爬進了馬超文的房間呢？

木蘭花覺得事情絕沒有那麼簡單，所以她仍然在窗外守候著。

她看到馬超文聚精會神地在看著那簿子上記錄的一切。

那一切，其實就是他自己向心理醫生敘述的，但是他卻依然看得十分用心，十分慢。

木蘭花在窗外，則表現了高度的耐心，她注意著馬超文臉部表情的變化，直到馬文超看完了最後一頁，那時天也亮了，她看到馬超文站了起來，雙手揉著眼，顯然是準備回去了，她這才先馬超文一步，翻過圍牆，回到自己的家中。

她一到家，看到穆秀珍，自然是問她馬超文回到家裡了沒有，因為在她離開蔣博士處的時候，馬超文已經是準備離去的了。

可是穆秀珍卻回答說沒有。

而高翔到了，穆秀珍打電話到馬家去，馬超文卻仍然沒有回到家！

木蘭花用心地思索著，可是她卻也想不出那是什麼原因來，莫非馬超文還在蔣博士處？照理這是絕無可能的，但是也不妨打一個電話去問問。

正當木蘭花手按在電話機上的時候，電話鈴突然地響了起來。

木蘭花拿起了電話，她聽到方局長的聲音，道：「喂，喂，什麼人？」

「是我，蘭花。」

「蘭花，高翔在麼？剛才我接到馬多祿的電話，他的二公子被綁架了，這是怎麼一回事？」方局長的聲音十分急躁。

「被綁架了？」木蘭花陡地一呆：「不會吧，或者是馬多祿夫婦神經過敏。」

「不，綁匪已經通過書信和電話，與他們聯絡過了。」

「條件是什麼？」

「一百萬，整數，要小額不連號的鈔票。」

「綁匪有沒有算過，這一百萬的小額鈔票，體積有多少？」

「當然，我想所謂小額，是指一百元面額而言，那就是一萬張。」

「對馬多祿來說，那也不算是什麼。」

「當然，馬多祿已決定交付了，可是警方卻沒有法子下臺了，馬多祿直接向我指斥警方工作的無能，而且還不肯將交款的地點告訴我們，他說不要我們再壞事了，他寧願付出一百萬！」方局長氣呼呼地說著。

「那麼，你準備怎麼辦呢？」

「警方對這事當然不能不管。」方局長說得十分肯定。

「那麼，你先別著急，馬宅外面有密探守候著，我和高主任立即去馬宅附近，只要一有動靜，我們就立即追蹤，馬多祿是要去交款的，他不可能從天上飛出去的，你放心好了。」

「唉，蘭花，又要麻煩你了。」

「不，你這次倒不必謝我，我還有私人原因。」木蘭花掛上了電話。

「蘭花姐，你說私人原因，那是什麼意思？」穆秀珍迫不及待地問。

「這件事對我來說，是一個大教訓，起先，我將事情看得太簡單了，卻不料抽絲剝繭，越是深入，越是複雜，越是發展，便越是神奧，我一定要尋根見底，這便是我所說的私人的原因。」

「蘭花，」高翔來回地踱著步，道：「你看馬超文的被綁，和他古怪的行動是不是有關，還是純粹是一個巧合呢？」

「那很難說，馬超文是剛被綁去不久的，至多是一小時之前的事情，而綁匪方面已經提出了條件，可知綁匪是急切地要得到錢，而且深知馬多祿會拿出錢來的。別說了，我們還是去吧。」

木蘭花向門外走去，到了石階，她停了一停。

「秀珍，你先在家休息，到傍晚時來接替我。」

穆秀珍打了一個呵欠，這次她並不因為木蘭花要她留在家裡而不高興，因為她知道木蘭花和高翔兩人前去，又是在馬宅圍牆外枯候，而在經過了昨天晚上一晚的等候之後，穆秀珍是想起都怕了。

她點頭道：「好，我先去睡一大覺再說。」

木蘭花和高翔兩人，在三十分鐘後，就來到了馬宅的圍牆之外。

爬在樹上的探員，一見到高翔，便立即爬下來道：「報告主任，一夜中，沒有人進出馬宅。」

「沒有人？」木蘭花表示懷疑：「一個人也沒有？你有沒有離開過？」

「我……」那探員猶豫了一下，他曾經離開過，去喝了一杯熱咖啡，但是他心中立即想到這件事還是不說為妙，是以道：「我……沒有離開過。」

「這倒奇了，」木蘭花抬起頭來。「方局長說，馬多祿已收到了綁匪的信，那麼難道連送信的人也未曾來過，還是送信來的人會隱身法？」

「這……可能是送信人走的是後門？」高翔想出了一個解釋來。

木蘭花緊蹙著的秀眉這時突然展了開來，道：「這當然可能，但是我卻想到了另一個可能，比你這個解釋還要合理。」

「你想到了什麼？」

「暫時保守秘密。」木蘭花笑了笑：「聽說警方最近購置了一輛十分精巧的汽車，請你吩咐將這輛汽車駛來供我們使用可好？」

「當然可以，」高翔向那探員下了一個命令，又道：「其實那輛汽車也不算什麼，它比不上『金手指』中占士邦的那輛，只不過比占士邦那輛好的地方，是它隱藏的電線，在通電之後，便能使車身的顏色隨意變換，隨著熱度的高低，可以變換四種顏色之多，而且，幾個按鈕也可以令得車頭的形式也變出四種不同的樣子來。」

「好啊，那是專為跟蹤而設計的汽車，我們用來跟蹤馬多祿最好。」

「你以為馬多祿會親自送錢去麼？」

「當然，你以為他會相信什麼人？」

高翔笑了笑，兩人在樹上坐了下來，看他們樣子，像是一對早上出來散步的情侶，誰知道他們心中所想的事情是如此之嚴肅！

十五分鐘後，一輛看來毫不起眼的黑色小房車，便駛到了路邊停下，高翔走到車旁，在汽車裝置收音機天線的地方，拉出了一根天線來，那根天線越拉越長，竟是一直搭到了架在電線桿的電話線上，然後高翔和木蘭花兩人一齊進了車廂。

他們等著，過了半個小時，他們在車廂中聽到了電話鈴響，隨即有人接聽，一個又粗又深沉的聲音道：「是馬多祿先生麼？」

「是，是。」馬多祿的聲音也傳了出來。

高翔笑了一笑，道：「這是最新的偷聽電話設備，全部是用超小型的電子管製成的。」

「我們的條件你考慮好了沒有？一小時的時間已經到了！」又是那深沉的聲音。

「考慮好了，我接受，我完全接受。」

「那好，你什麼時候可以將錢準備好？」

「一小時，我立即到銀行去，只要一小時足夠了！」

「現在是八點二十分，九點二十分，我們在大浪灣等你，你要親自前來，只准你一個人。」

「好，我親自來，好……好漢，超文他……」

「超文很好，你可要聽他的聲音麼？」

「爸爸！」這是馬超文的聲音：「你太傻了，你不給他們錢，他們也不敢殺我的。」

「別胡說，超文！」馬多祿幾乎在發顫。

「搭」地一聲，電話收了線。高翔按了一個鈕，一塊鐵牌打了開來，一張卡紙緩緩地從一個縫中跑了出來，卡紙上有許多小孔。

高翔看了一看卡紙，面上的神色變得極其難以形容，他苦笑了一下，道：「這儀器壞了。」

「你這是什麼意思？」

「這卡紙是電子儀器顯示兩具電話之間的距離，和兩具電話的方向差別的，根據這些資料，我們可以找到那通電話是從什麼地方打來的。」

「可是如今這卡紙記錄什麼？」

「不對頭了，它顯示兩具電話之間的距離是二十四英呎，這可能麼？唉，這是儀器壞了，還要送回原廠去檢驗才行哩！」高翔苦笑著。

木蘭花也在笑著，但卻絕不是苦笑。

她知道，在馬超文舉止特異這件事上，她遇到了兩次失敗，但這次她的估計是不會錯的了，她也知道那具儀器並沒有壞，因為指示卡上的記錄，和她心中所想的是相同的！

木蘭花並不出聲，高翔也不知她心中所想的是什麼。

不到五分鐘，一輛汽車駛了出來，駕車的是馬多祿，他的神情十分沮喪。

「我們開始跟蹤他。」高翔道。

「不，跟蹤馬多祿有什麼用？我們要跟蹤綁匪才有用處啊！」

「跟蹤綁匪？蘭花，你這是什麼意思？」

「你不明白？我相信再過五分鐘，你一定會明白。」木蘭花鎮靜地說著。

「我會明白？」高翔滿腹狐疑。

也就在這時候，又一輛汽車從馬宅駛了出來，駕車的是馬宅的一個保鑣，車中坐的是馬超武。

「快跟上去！」木蘭花立即道。

「啊！」高翔低呼了一聲，他完全明白了。「原來是他！」

他踏下了油門，車子向前駛去，緊跟在馬超武那輛車子後面。

「原來是馬超武這傢伙在弄鬼！」高翔恨恨地道：「我明白了，沒有送信的人來過，信根本是從馬宅內發出的，而那個電話——那具指示儀也沒有壞，這傢伙竟綁架他弟弟，向他的父親勒索金錢！」

「這是馬多祿自食其果，誰叫他將兒子養成了花花公子？馬超武不夠錢來揮霍，當然不顧一切，什麼事也做得出來，他一定是串通了四個保鑣來做這件事情的，原來綁架時間是昨天晚上。」

「這就是為什馬超武爬進他弟弟臥室的原因？」高翔問。

「是。」木蘭花點頭：「當時我們如果搜馬超武的身，一定可以發現強烈的麻醉劑，那是他用來麻醉馬超文的，然而他的計畫卻被我們破壞了，馬超文終於被綁，那自然是今天早上的事了。」

高翔佩服地點點頭，道：「看來這件事已經可以結束了！」

「但願如此！」木蘭花冷靜地說著。

她的心中則在想著：事情的發展，使馬超武為什麼爬進馬超文的臥室這件事有了解釋，但是馬超文是如何從利馬高原上下來的，卻仍然是一個謎。

所以，木蘭花已料到事情只怕還有進一步的發展，但是那發展來得如此快，如此驚人，卻是木蘭花所萬萬想不到的！

4 綁票

高翔駛著車，跟在馬超武車子的後面，馬超武和那保鏢兩人，像是根本未曾發覺有人跟在後面，而且，高翔知道他們的目的地「大浪灣」，所以跟蹤起來十分方便。

二十分鐘之後，車子已駛出了山區，駛在一條筆直的林蔭道上，這條道路正是通向大浪灣去的，出於不是假期的關係，路上的車輛不十分多。

為了小心，高翔還是按動了一個鈕掣，使汽車的顏色變成了棕色，而車頭本來是圓的，這時也翻了一翻，變成了方的，當然車牌也轉換過了。

十五分鐘之後，前面已可以看到海水了，公路在向下傾斜，因之向前看去，可以清楚地看到一個海灣，浪頭拍擊著岸邊，濺起甚高的白花來，海灘邊上，一個人也沒有，只是停著一輛卡車。

在公路上駛著的汽車，只有他們這輛了，也正因為這樣，所以高翔不得不將速度減慢，使兩車之間的距離拉遠一些。

木蘭花道：「我看我們可以停車了。」

「再過去一點，有一條支路可以隱藏車子。」高翔伸手向前指了指，「馬超文大概就在前面那輛卡車中。哼，天下居然有這樣的敗家子，虧馬多祿還有臉來指責警方！」

汽車在高翔憤憤不平的語聲中，轉進了那條支路，然而，也就在這時，他們兩人突然聽到了一陣驚天動地的手提機槍聲！

在那麼寂靜的海灣中，那一陣機槍聲聽來，更是驚人之極。

高翔打開車門，他整個人幾乎是像箭一樣地射了出去，木蘭花也立即跟在他的後面，兩人一到了路口，就伏了下來，只見那輛卡車上，有一個人跳了下來，那人的手中還持著手提機槍。

而剛才那一排子彈，則射中了馬超武的那輛車子，車子撞向路旁的一棵大樹，「轟」的一聲巨響過處，車子立即起火，車門彈開，馬超武的身子像一團爛泥也似地被拋了出來，跌在地上。

而那持著手提機槍的人，則以極快的步伐走向海邊，站在一塊岩石上，一躍而下，立即又有快艇的馬達聲傳了過來。

這一切實在發生得太快了，當高翔掣出手槍來的時候，只看到一艘小艇已在海面之上，向外疾駛了開去，轉眼之間便不見了。

「快去通知救護車。」木蘭花一面向前奔去，一面叫道：「馬超武可能未死！」

高翔回到了車中，用無線電話和總部聯絡。

木蘭花一口氣奔到了出事地點，一陣難聞的焦臭味直鑽進鼻孔之中。

那輛汽車還在燃燒，開車的保鑣根本已不像是一個人了。

馬超武攤手攤腳地睡在地上，看來未曾受什麼傷，木蘭花再抬頭向那輛卡車看去，不禁呆住了！

在卡車上，有三具屍體，這三具屍體的面目，已經無法辨認了，因為他們是被亂槍射死的，而他們的身子疊著車子，分明是被射死之後，再移到車上去的。

木蘭花看到了卡車的車頭，也已被子彈擊得破壞不堪，如果不是一個有規模的盜賊組織，是斷然不會有這等狠辣手段的！

木蘭花在向卡車察看間，高翔也已趕了過來。

木蘭花向地上的馬超武一指，道：「你對他進行人工呼吸，他可能很快就醒過來的。」

高翔俯身下去，對馬超武進行著人工呼吸，不到三分鐘，便聽得馬超武發出了微弱的呻吟聲，高翔將他的身子扶了起來，馬超武的呻吟聲漸漸響了起來。

也就在這時，只聽得有汽車聲傳了過來，高翔和木蘭花兩人一齊抬頭看去，他們認得出疾馳而來的汽車，正是馬多祿的。

馬多祿的車子一直駛到了近前，才停了下來，只見馬多祿面色鐵青，從車中探出頭來，一看到了高翔，便「哼」地一聲。

接著，他便看到了在半昏迷狀態中的馬超武。

他怪叫起來，道：「你們又在搞什麼鬼？」

「馬先生，」木蘭花走向前去，拉開了車門：「搞鬼的是你的大少爺。」

「胡說！你這是什麼意思？」馬多祿氣呼呼地問。

「簡單地說，這次所謂綁票，全是你這位大少爺所幹的把戲，可是如今，事態卻擴大了，生出了意外的變化，你看到這些死人沒有？」

木蘭花向卡車上的屍體一指，她的神態十分嚴肅，令得馬多祿這樣頤指氣使慣了的人，也難發一語。

「馬超文如今下落不明，可能已落到了最凶狠的犯罪集團手中，這件事，任何人都不能負責，因為全是馬超武一個人弄出來的！」

「胡說，不干我事！」馬超武這時已醒了過來，他尖叫著否認。

「是啊，豈有此理，超武怎麼會綁架他的弟弟？」馬多祿也在突然之間，氣勢洶洶起來。

木蘭花一聲冷笑，走到了馬超武的面前，一伸手，握住了馬超武的右手，冷冷地道：「不關你的事麼？」

「當然不——」馬超武還在嘴硬。

木蘭花的手中開始用勁，馬超武的面色驟變，豆大的汗珠已落了下來，手上的疼痛使得他身子發抖。

「馬超武！」木蘭花的聲音更淩厲得如同利刃一樣：「在本市，綁票最高是可以被判無期徒刑的，警方已掌握了充分的證據，你還想圖賴麼？」

「我……我……」馬超武軟了下來。

「哼，你若是承認，還可以設法減輕你的罪名！」

「我……承認了！」馬超武幾乎哭了出來，木蘭花一鬆手，馬超武的身子跌倒在地，木蘭花鄙夷地「呸」了一聲，轉過身來。

高翔冷冷地道：「馬紳士，你明白了麼？」

馬多祿面色青白，頓足道：「豈有此理，豈有此理，這畜牲，打死他，我打死他！」

馬多祿衝了過去，但是木蘭花卻將他攔住，道：「馬紳士，他犯了罪，自有法律裁判，你不能打他的。」

「法律裁判？」馬紳士的額上開始滲出了豆大的汗珠：「兩位，我車中……嘻……有一百萬現款……」

「馬紳士！」高翔厲聲喝止：「如果你想行賄的話，那麼在法律面前，是人人平等的。你的大兒子不務正業，仗著父親的勢力胡作非為，正是社會的敗類，收容他這種人最理想的地方，便是監獄！」

「啊！監獄……」馬多祿一面說，一面身子向下軟去，倒在地上。

馬超武跳起身子來想逃，但是他才奔出一步，木蘭花一伸腳，便將他勾得跌倒在地。

高翔趕前一步，取出了手銬，將他的雙手銬了起來，警車聲和救護車聲傳到，馬多祿也醒了過來，他垂頭喪氣，一言不發。

警車停了下來，從車上躍下的警官向高翔行禮，高翔吩咐警官處理這裡的一切，又囑咐另一個警官將馬超武帶去落案，馬多祿唉聲嘆氣地跟了去，去為他的寶貝兒子設法。

木蘭花則在警車一到時，便向海邊走去。

她走得十分緩慢，那是一面走一面在思索的緣故。

她到了一塊岩石之上，停了下來。

那塊岩石的下面，就是海水，浪頭湧了上來，便會有些海水濺上那塊大石。

木蘭花望著海面，心中十分紊亂。

她雖然年紀還輕，但在她的一生之中，經歷過許多曲折的事情，然而卻沒有一件是表面上看來如此平凡，事實上卻如此複雜神秘的。

馬超武為了要金錢供自己揮霍，而綁架了他的弟弟，向他的父母勒索，這件事，木蘭花不消三分鐘便已破了案。

可是當木蘭花破了這件案子的時候，馬超文卻已不在了，參與馬超武綁票行動的人全已死了。殺死那些人，和將馬超文架走的，是什麼人呢？

他們將馬超文架走的目的何在呢？

木蘭花望著蔚藍色的大海，心中茫然一片，一點頭緒也沒有。

她站了片刻，從身後傳來的腳步聲，知道高翔已到了自己的身後。木蘭花轉過身來，道：「高主任，這件事，我們要分頭進行了。」

「唉，如何進行呢？」高翔顯然也毫無頭緒。

「你繼續留意馬多祿家中的電話，如果再度架走馬超文的人，目的也是勒索的話，他們一定仍會和馬多祿聯絡的。」

「好的，還要做些什麼？」

「調查本市幾個犯罪組織近來的行動，和瞭解外地犯罪組織是否有在本市活動的傾向，一些著名犯罪組織的要員有沒有到本市來，派人去跟蹤他們。」木蘭花想了想，又講了這些。

「我將親自進行這些工作。」

「希望你有線索，我從另一方面去進行，我去找心理學博士蔣雲霆！」

一小時後，木蘭花來到了「心理學博士」蔣雲霆的診所前。

這時，她的打扮，使她看來像是一位豪門少婦，雍容華貴，美麗絕倫。

她按著門鈴，一個穿著白制服的僕人打開了門，木蘭花裝出十分嬌弱的樣子來，道：「我要見蔣博士。」

僕人有禮貌地將她引進了屋子，到了那一間房間中，木蘭花昨天晚上就曾經在這一間房間之外偷窺過房內的情形。

她才坐下不久，便聽到「托托」的皮鞋聲，蔣博士走了進來，翹起了山羊鬍子望著木蘭花，道：「小姐，我能為你服務麼？」

「你是蔣博士？」木蘭花故意問：「我……感到心中十分苦悶，而且我時常做夢。」

「你夢見什麼呢？小姐。」

「鑽石，」木蘭花睜大了眼睛：「我夢見鑽石，遍地都是鑽石！」

木蘭花的聲調十分動人，蔣雲霆的身子震了一震，他抬手托了托他的金絲邊眼鏡，道：「這說明你有過度的物質欲望。」

「我可以滿足我的物質欲望，我的父親是×××。」木蘭花隨便捏造了一個富豪的名字：「我的夢使我痛苦之極，唉，不知道世界上還有沒有人像我一樣，在幻覺中見過這麼多鑽石的呢？」

木蘭花以手支額，像是不勝痛苦，但是，她的心中卻在緊張等待著蔣雲霆的回答。

木蘭花問的問題，對蔣雲霆來說，是一個考驗，如果蔣雲霆和馬超文之間，除了醫生和病人之外，沒有別的關係的話，他一定會說出馬超文也在幻覺中見過鑽石一事來，但如果兩人之間的關係不是如此簡單的話，那麼他一定會將這一件事隱瞞起來的。

蔣雲霆心裡猶豫了一下，做出了一個十分虛偽的笑容來，道：「沒有，我沒有聽說過。」

木蘭花的心中「哦」地一聲，她心想：蔣雲霆隱瞞了馬超文的事，那是為了什麼呢？這個心理學博士在扮演的是什麼角色呢？

她長長嘆了一口氣，道：「唉，這使我有在世上只有我一個人的孤零之感。」

「我十分同情你，小姐！」蔣博士說著。

就在這時，一個人推門走了進來，向蔣雲霆附耳講了幾句話，蔣雲霆點頭。

木蘭花並沒有聽到他們在講些什麼，她仍然道：「蔣博士，希望通過你的心理治療，能使我這種幻覺不再出現。」

「小姐，你根本沒有幻覺！」蔣雲霆突然說，這令得木蘭花吃了一驚。

「你也不是×××的女兒，我們剛才打電話到這人的家中去問過了。」蔣雲霆進一步地揭穿木蘭花所偽裝的面目。

木蘭花的心中更加吃驚，她的確未曾想到這裡有著傳音設備，她在這裡講的話會被人聽到，而且立即去進行調查工作。

「我不管你的來意是什麼，小姐，」蔣雲霆繼續說著：「你一定或多或少地知道了我的秘密，對不對？」

蔣雲霆一面說，一面自他的襟袋上取下了一枝鋼筆來，上下拋弄著。

木蘭花立時提高了警惕，她反抓住了沙發上的軟膠墊，卻仍然道：「蔣博士，我不明白你在講些什麼，你說我知道了秘密？」

蔣雲霆慢慢地揚起手中的鋼筆來，看情形，他像是想用這枝筆指著木蘭花來說話，以加強他的語氣，可是木蘭花卻立即看出這枝筆有古怪！

她不等蔣雲霆手中的鋼筆對準她，便陡地站了起來，手臂一揮，早已抓在手中的乳膠墊便向前疾拋了出去，幾乎在她拋出乳膠墊的同時，她聽到了「答」、「答」兩聲響，似乎從那枝鋼筆中有什麼東西射了出來。

木蘭花的身子隨著乳膠墊的向前飛出，疾撲而出！

那乳膠墊有兩呎見方，遮住了蔣雲霆和木蘭花之間的視線，木蘭花一撲向前去，身子立即伏在地上，地上是舖著厚厚的地毯的，所以她的動作又快又沒有聲響，她一撲到了地上，手中的手袋已向前揮出，重重地擊在蔣雲霆的小腿骨上！

在木蘭花的手袋之中，藏著二十鎊重的鉛條，那一擊，如果力量用足了的話，是足可以將蔣雲霆的腿骨生生打斷的。

這時，蔣雲霆的腿骨幸未折斷，但是也痛得他怪叫了一聲，向後倒去。

就在這時候，「砰」地一聲響，房門打開，兩個穿白制服的僕人衝了進來。

然而，當那兩個僕人衝進來之際，木蘭花一手撥開了乳膠墊，早已翻身躍到了一張沙發後面。

蔣雲霆在向後跌出之後，正是跌坐在那張沙發上，木蘭花一到了沙發後，她的手臂已經勒住了蔣雲霆的頸部。

而當木蘭花的手臂勒住他的頸部之際，她立即發覺了蔣雲霆的那一蓬山羊鬍子，竟也是貼上去的！

她右手緊緊勾住了蔣雲霆的頸部，左手揚了起來，厲聲道：「如果你們對空手道多少有一些瞭解的話，那就應該知道，我這一掌如果劈下去，他一定沒有命了！」

那兩個僕人站在門口，不敢衝進來。

木蘭花勾住了蔣雲霆頭頸的手臂稍鬆了一鬆，道：「好了，蔣博士，你究竟是什麼人？」

「你……是什麼人？」蔣雲霆掙扎著反問。

「我是木蘭花。」

門口那兩個白衣大漢面上失色，向後退出了一步，蔣雲霆的身子也陡地一震，但是他隨即嘆了一口氣，道：「原來是木蘭花，我們可以說是同道中人——至少有一個時期，你和我是同道中人，你為什麼要這樣子來對付我？」

「誰和你是同道中人？」木蘭花已聽出蔣雲霆的聲音十分熟悉，她一伸手，扯脫了他的山羊鬍子，打脫了他的眼鏡。

在除去了鬍子和眼鏡之後，蔣雲霆看來簡直成為另外一個人！

而木蘭花也立即認出他是什麼人來了，這個人叫蔣方亭，幹的是獨來獨往的沒本錢買賣，和未曾改邪歸正之前的高翔是同一類人物，也著實做過幾件令警方頭痛的大案子，後來因為風聲緊，他便離開了本市，至少已有好幾年了，卻不料大名鼎鼎的心理學博士蔣雲霆就是這個外號叫作「飛天狐狸」的蔣方亭！

「哼，」木蘭花冷笑一聲，道：「原來是你在冒充心理學博士。」

「穆小姐，你可別那麼說，我這個心理學博士，是我在加拿大辛苦攻讀來的，一點也不假。」蔣方亭立即鄭重更正。

「你又回到本市來，目的是什麼？」

「還不是幹老買賣！找心理醫生的病人大都是上層社會中人，他們會向心理醫生說出許多秘密來，我就可以從中用斯文的手段賺一些外快。」

「飛天狐狸，這次你的手段可太不斯文了，你至少已殺了四個人，還綁架了一個人。」木蘭花冷冷地道。

她的話，令得蔣方亭的臉色看來如同雪糕一樣又白又冷，他勉強牽了牽口角，算是在發笑，道：「別……開玩笑，殺人綁票絕不是我行事的作風，你也該知道的。」

當木蘭花揭穿了蔣方亭的真面目之際，她以為事情已接近尾聲了。

可是，這時候她又知道完全不是，很多犯罪分子都有自己獨特的作風，而且絕不改變，而蔣方亭則是一貫使用狡猾手段進行犯罪的人，暴力是和他無緣的，這一點木蘭花可以確信無疑。

她呆了片刻，問道：「馬超文被人綁架了，這與你無關麼？」

「絕對無關！」

木蘭花鬆開了手，望著跌在地上的乳膠墊，墊上有兩枚小針刺著，針尾上還有著羽翎。

「這兩枚小釘，」蔣方亭連忙解釋，「只不過使你昏睡一小時而已。」

「嗯，那麼，你準備在馬超文身上做些事的，是不是？要不然你也不會隱瞞他所見到的那種幻象了，對麼？」

「我的確是有打算。但是我卻還沒有採取任何行動，穆小姐，見者有分，這件事成功了，你自然是有分的。」蔣方亭撫摸著剛才被木蘭花勾住的頸項，像是十分冤屈地說著。

「你準備進行的是什麼？」

「很簡單，而且絕不犯法。馬超文從南美利馬高原探險回來，他說，探險隊的隊員在利馬高原上活動了四天，探險工作進行得十分順利，但是到了第五天，忽然發生了慘劇。」

「哦，」木蘭花十分注意地聆聽著：「究竟是什麼事？」

「連馬超文自己也不知道，全隊的人突然都得了狂症，只有他和一個叫谷柏・漢烈的德國人卻是例外，他們看到隊員互相撕咬，如同野獸一樣，嚇得躲在一旁，呆若木雞！」蔣方亭敘述著，他所講的那些，正是馬超文向他說的，也是木蘭花所不知道的。

「後來怎樣呢？」

「後來，隊員都死了，沒有死的也不可救了，他和谷柏一齊呆了許久，馬超文自己的敘述說，在站了許久之後，究竟做了些什麼，連他自己也不清楚了，接下來的一切，對他來說，簡直像是一場夢一樣，而當他徹底清醒的時候，他已離開了利馬高原，身在圭亞那的醫院中了。正如人能夠記得夢境中發生的事一樣，他對於某些事記得特別清楚，他在神智迷糊之中，曾在利馬高原上看到鉅量的鑽石！」

「可是你卻告訴他，是他的幻覺。」木蘭花說。

蔣方亭呆了一呆，道：「原來你已經知道了，不錯，我告訴他這是他的幻覺，但事實上，我卻知道他所看到的是事實。」

木蘭花也呆了一呆，馬超文看到的是事實！如果馬超文看到的是事實的話，那麼，在南美洲北部，舉世聞名的利馬高原上，的確是有著鉅量的鑽石了。

這個傳說本來也可以說是人人相信的，但得到如此確鑿的證據，這還是第一次。

「你憑什麼如此肯定呢？」木蘭花懷疑地問。

「當然是憑心理學上的豐富學識，同時根據馬超文的敘述，我發現探險隊發生慘劇的原因，是因為中了毒，毒源可能來自高原上的水，植物，甚至空氣之中。那種劇毒，使得中毒的人變成了瘋子，互相毆鬥，以致死亡，而谷柏・漢烈和馬超文兩人卻因為中毒不深，所以未至於如此。」

木蘭花點了點頭，道：「你說得是。」

蔣方亭更得意起來。「可是他們兩人多少也中了些毒，所以他們變得昏眩，生活如同在做夢一樣，他能夠逃出生天，可以說是天大的幸運，在那些日子中，他可能還見到了許多別的東西，但都在他的記憶中消失了，唯有遍地的鑽石深留在他的腦海之中，使他不能忘懷，使他要來找我判斷那不是幻覺！」

「於是你——」

「我告訴他那是幻想，我自己準備到利馬高原去。」

「你不要忘記，利馬高原的面積十分廣袤，而且充滿了危機，你又不知道確切的地點，你如何能找到這些鑽石的所處？」

「我已經記下了探險隊發生慘劇的地方，同時我知道馬超文在利馬高原下被發現的地點，我大致可以知道他是在哪裡下利馬高原的，那麼，他在半昏迷的狀態中經過的路線，我也大致有數了，我配備精密的『中心探測儀』，可以測到六十碼之外的鑽石輻射的光波。穆小姐，你可要參加麼？要知道那些鑽石全是無主之物，是上帝賜給我們財富。」

「蔣先生，我不去，而且我勸你也不要去，剛才你已說過馬超文能夠下利馬高原，是天大的幸運，你相信你能和他同樣幸運麼？」

蔣方亭笑了笑，道：「穆小姐，你不去的話，我請求你保守秘密，因為這個消息如果傳出去，利馬高原只怕要變假日的海灘了，我一定給你帶回一顆世界上最大的鑽石來——」

他講到這裡吸了一口氣，近乎入迷地說：「老天，馬超文說他見到最大的鑽石，如同嬰孩的頭部那樣大！」

木蘭花看出他已經著迷了，她嘆了一口氣，道：「那麼馬超文可有帶回這樣的鑽石來？」

「當然沒有，你別忘記了，他那時正在半昏迷狀態之中，和一個人在夢遊時並沒有多大的差別。」

「那就太可疑了，你怎能肯定他看到的一定真是鑽石，而不是其他？」

「關於這個問題，我有一個補充，當時看到的不止是他一個人，還有谷柏・漢烈，谷柏・漢烈的神智顯然比馬超文更清醒，他咬破了手指，在馬超文的衣服上用血寫下了德文的『鑽石』兩字，馬超文是直到獲救之後，在醫院中看到自己獲救時的衣服之後才知道的！」

「那麼，谷柏・漢烈呢？」

「不知道，他或許沒有下利馬高原就死了，或者在離開利馬高原之後，就拋下馬超文走了，所以我也要儘快行動了！」蔣方亭興奮地搓著手，像是只要他一動身，鑽石便會向他飛來一樣。

「如果你一定要去的話，」木蘭花冷冷地道：「我祝你成功！我答應替你保守秘密。」

木蘭花向外走去，當她走出那幢精緻的小洋房時，她不禁深深地吸了一口氣。

她來找蔣雲霆的目的，可以說沒有達到，但是她此行卻也不是沒有收穫。她的收穫並不是在於她知道了蔣雲霆心理博士的真面目，那只不過是一項意外，她感到略可安慰的是，她知道了在利馬高原上所發生的一些事！

這些事使她知道，這個探險隊中生還的人，不止馬超文一人。

如果谷柏・漢烈沒有死，而他又未能準確地記起看到鑽石的地點的話，他當然會向馬超文求助的；而如果他想獨自保有這個秘密的話，那麼馬超文就更是他殺害的對象了！

木蘭花一想到馬超文可能被殺害時，心中一凜，急步轉過了街角，上了她預先停在街角的汽車，可是，她才坐到了司機位上，便覺出後面的座位上似乎發出了一下什麼聲響。

木蘭花右手已按在駕駛盤上，她一聽到後座有聲響，一抖手，便將駕駛盤提了起來，那是她自己的獨特設計，駕駛盤可以提離的，這個設計就是為了應付意外之用的。

當然，駕駛盤也是用堅硬的金屬所鑄成的，她一抖起了駕駛盤，便向後揮去，只聽得「砰」地一聲，一個人應聲跌倒。

木蘭花連忙轉過身來，只見一條漢子已被她擊得昏了過去。

那漢子手中抓著一隻瓶子，另一隻手中則抓著一條厚毛巾，不消說，瓶子中的一定是麻醉藥，而那漢子的目的也不問可知了。

木蘭花放回了駕駛盤，出了車子，將那漢子的身子提出車廂來，放在地上，然後去搜索那漢子的衣袋，她找到了一封給她的信。信上只寫著一句話：

「木蘭花，別再管馬超文的事！」

這封信當然是準備在她被麻醉過去之後，放在她身上的了，由此可知，那漢子並沒有取她性命之意。

木蘭花又在那漢子的身上搜出了幾張卡片，她向那幾張卡片望了一眼，不禁嘆了一口氣，卡片說明，這漢子是「雷氏私家偵探社」的一個偵探！

那麼，這次事件的「導演」，竟是雷慎行了！

木蘭花也可以知道雷慎行為什麼要這樣做，雷慎行是要獨佔功勞，看來雷慎行根本不知道事情已生出了重大的變化。

木蘭花嘆了幾聲，將卡片拋在地上，雷慎行當然會知道他這種無聊的舉動已經失敗了。

木蘭花再度進了車中，向家中駛去。

她已經獲得了一個新的線索，那個線索，以前是她連想也未曾想到過的，那便是谷柏・漢烈，這個在探險隊中，和馬超文一樣，中毒不深而如今下落不明的人。

她回到了家，只不過是下午時分，看樣子穆秀珍還未曾睡醒，木蘭花拿起電話，撥了高翔辦公室的號碼，可是卻一點聲音也沒有。

木蘭花呆了一呆，按了幾下，電話中仍是沒有聲音，她立即知道事情有一些不對了。

也就在這時，只聽得客廳的左首傳來了一個冷冷的聲音，道：「小姐，電話不通。」

木蘭花連忙轉過身去，向前一看，心中不禁深悔自己的大意！

本來，木蘭花是極其細心的人，可是在這次事情中，她始終未曾接觸到真正的敵人，她以為要和真正的敵人相會，還需要經過一番工夫，卻料不到會有人已經找上門來了。

在木蘭花轉過身來時，她看到通向廚房的門本來是關著的，這時已被打開了。在廚房中，有三個人，三個人手中都持著輕型的手提機關槍。

木蘭花之所以立即認定他們是真正的敵人，那是因為她一看便看出，那種機關槍正是在「大浪灣」海邊行凶的槍械！

在廚房的地上躺著一個人，那人全身被電線綁了個結實，口中則紮著手巾，那不是別人，正是穆秀珍。

穆秀珍一定是夢中被擒的，她還穿著睡衣，這時她正睜大了眼，望著木蘭花。

木蘭花卻毫無辦法。

木蘭花之毫無辦法，不只是因為有兩柄機槍對準著她，而且由於有一柄機槍對準了穆秀珍，槍口離穆秀珍的胸口只有一呎！

木蘭花吸了一口氣，她的神色仍是十分鎮定，她攤了攤手，道：「請坐，三位。」

她在打量這三個人，三個都是歐洲人。

木蘭花又道：「哪一位是谷柏・漢烈先生？」

「漢烈？」三個人一齊反問，接著，他們便齊聲大笑了起來。

木蘭花一聽得三人的笑聲，便知道他們三個人中，沒有一個是谷柏・漢烈了。

她的語音保持著鎮定，續道：「我想谷柏已經死了，是不是？我希望沒有猜錯。」

「你錯了，」三人中一個有刀痕的惡漢子冷笑著，「他沒有死，但是卻在精神病院中，他是個不折不扣的瘋子了！」

木蘭花繼續保持著鎮定，她略為動了一動身子。

「別動！」那刀疤臉立時呼喝。

木蘭花的身子略動了動，本來就是想試一試這三人戒備是否嚴厲，如今試出來了，這三個人果然非比等閒，木蘭花的心中不禁暗暗叫苦！

因為如今的情形，對她極之不利。她並不是怕三柄手提機槍對準了她，而是怕穆秀珍！她只怕自己一有異動，首先遭殃的便是穆秀珍！

所以，她攤了攤手，道：「你們想怎麼樣，不妨實說吧，你們應該相信，在如今這樣的情形下，我是無法對抗你們的。」

那三人像是鬆了一口氣，那刀疤臉道：「能夠聽到你這樣說，我們十分高興。小姐，我們活動的範圍一直在歐洲，到東方來還是第一次，但也是最後一次，希望你原諒。」

「你們何必這樣說，東方又不是我的。」木蘭花聳聳肩，回答刀疤臉道。

「東方三劍俠，小姐，這是你們的美名啊！」刀疤臉笑了笑。

「如今不是你們占足了上風麼？東方三劍俠中，倒有兩個人被你們制住了呢！」木蘭花仍猜不透他們的用意何在，是以只能和他們敷衍下去。

「小姐，我們該談正事了！」刀疤臉面色一沉。「我們東來，主要是找到馬超文。」

「你們已經得到了他。」木蘭花立即道。

「我們需要馬超文……」

木蘭花不等刀疤臉講完，立即又道：「你們需要馬超文為你們帶路！」

那三個人的臉色變了一變，木蘭花的語鋒咄咄，而且所講的全刺中他們的心事，令得他們三人在剎那間產生了一種錯覺，似乎不是他們制住了木蘭花，而是木蘭花制住了他們一樣！

如果不是穆秀珍被綁著躺在他們腳下的話，就利用這一點錯覺，木蘭花已經有能力可以脫身的了，何況木蘭花身上的裝飾品中，有好幾件實際是小型的煙幕彈，要放出一陣煙幕來掩護脫身，那是再容易不過的的事情，可是穆秀珍……

唉，木蘭花一想到自己沒有法子改變穆秀珍的處境時，心中實是十分焦急。

「你看來什麼都知道？」刀疤臉問。

「也不見得。」

「好，不錯，我們已得到了馬超文，也正如你所說，我們需要他指路，這件事，我們不想再擴大，而想就此結束了！」

「好啊，你將我們兩人殺死，那麼就可以如願以償，神不知鬼不覺了啊。」木蘭花鎮靜地道。

「小姐，別以為我們是傻瓜！如果殺了你們兩人，那麼這個城市的所有警務力量，便全部動員起來尋找凶手了！」刀疤臉冷冷地吸了一口氣：「我們如今採取一個更好的辦法。」

「什麼辦法？」木蘭花的心向下一沉。

「我們希望你不再干涉我們的事，為了肯定你不干涉，我們決定將這位小姐也帶走！」

5 印度藩王

木蘭花呆了一呆，他們三人要帶走穆秀珍！

這正是木蘭花意料之中的最壞的情形，如今這種最壞的情形出現了！

「噢，我堂妹是一位十分難以侍候的小姐！」

「她在我們這裡會聽話的，如果有人問起這位小姐的下落，你最好說她在法國里維拉海灘渡假，不然，你們這次分別，只怕是永訣了！」刀疤話說完，立即一揮手！

另一個人立時取出了一個透明的塑膠袋來，在塑膠袋中拿出一塊摺得方方整整的手巾，覆在穆秀珍的臉上，木蘭花隔得相當遠，但是她也可以聞到一陣「哥羅芳」的濃烈味。

「我們告辭了，在我們成功之後，會將這位小姐送回來的，如果你合作的話，她絕不會受到任何傷害，而且還可以得到我們送給她的禮物，那禮物是一定會使你驚奇的！」

木蘭花本來想說：「可是比梨還大的鑽石？」可是她一轉念間，覺出此際自己表示知道越多，便越是不利，她便改口道：「我可以知道你們要將她帶到什麼地方麼？」

「她將一直和我們在一起。」

「那麼，你們要到什麼地方去？」木蘭花故作不知地向他們發問。

那三人互望了一眼，道：「謝天謝地，你居然也有不知道的事情，請恕我們不能告訴你！」

他們三人開始向後退去，到了廚房的後門，一個漢子抬腿踢開了門，門後有一輛汽車停著，另一個漢子則已挾起了穆秀珍，一柄手提機槍的槍口始終指著穆秀珍的胸口——那不啻是在告訴木蘭花，如果她妄動的話，她可能制服眼前三個人，但首先遭殃的則是穆秀珍！

所以木蘭花仍然不動，她的身子雖然不動，她的腦子卻在飛速地活動著。

那三人來到車子邊時，刀疤臉才道：「小姐，你放心，我們一定會將這件事保守秘密的，因為我們不想傷害東方三俠的美名！」

他向木蘭花笑了笑，三人以極快的動作進了汽車，車子立時向前飛駛而出！

木蘭花在那三人車子的排氣管噴出黑氣之際，已經抓起了電話，發現電話已通，便撥了高翔的號碼。

一等高翔接聽後，她便不等高翔開口，便道：「事情起了變化，你先命令所有離開本市的交通工具都要受檢查，通知水警輪加強巡邏，尤其是大浪灣方面，你再替我備一張去南美洲的機票，利用警方的力量，儘快替我弄妥赴委內瑞拉的護照。」

「蘭花，」高翔好不容易等到木蘭花講完，才有機會反問：「為什麼？」

「秀珍被歹徒綁走了。」木蘭花沉痛地回答。

「什麼？」高翔叫了起來，但在高翔的叫聲之中，木蘭花已放下了電話。

她手按在電話上，冷靜地思索著。

那三個人的目的地，當然是利馬高原，他們是三個人還是會有更多人呢？但不論他們有多少人，他們手中有馬超文和穆秀珍這兩個俘虜，那卻是確定不移的事實。

他們將如何離開本市呢？離開本市之後，又如何可以萬里迢迢，帶著馬超文或帶著穆秀珍到達南美洲的委內瑞拉而不被人發覺呢？他們用的是什麼方法呢？

木蘭花當然希望能夠在歹徒未曾離開之前，便將他們攔截下來，然而歹徒不會用普通的辦法離開，這是可以肯定的事，不瞭解歹徒是用什麼辦法離開的，要截住歹徒就沒有可能了。

而如果截不住歹徒的話，可行的辦法，就是追蹤到利馬高原去，因為這是匪徒最後的目的地，可是這樣一來，事情就複雜得多了！

而且，穆秀珍可能在半途中進行反抗，她成功的機會是極微的……

木蘭花一想到這裡，忍不住「砰」地一聲，一掌擊向沙發旁的茶几上。

她那一掌，正拍在放在茶几上的報紙，將報紙拍碎，隨著她手掌的揚起，碎紙片飛了起來，木蘭花偶然一瞥間，突然倏地伸出了手指，挾住了在空中飛蕩的一片報紙。

那片報紙上有一張圖片，是七八個印度人合攝的，木蘭花看了幾眼，連忙將碎片拼到了報紙上，她又看到了圖片說明。

圖片說明的標題是：「有世界首富之稱的印度藩王環遊世界」，內文則是：

「印度巴哈瓦蒲耳四大土王之一的浦傑辛環遊世界，帶有姬妾及隨從多人，自備豪華客機，所到之處，人皆視為財神。查巴哈瓦蒲耳四大藩王，乃是世界首富，據估計，他們四人的財產，遠在盛產石油的科威特及沙烏地阿拉伯酋長之上，無怪到處轟動，附圖為藩王及侍從在機場合影，背景則為其環遊世界所乘坐的豪華客機。」

木蘭花將這條新聞讀了兩遍，她並不是對這新聞有興趣，而是對那張圖片中的人有興趣。

那張圖片並不十分大，而且被刊在報紙上也不很清楚，每一個人的頭部，不過普通稿紙的格子那樣大小，但是木蘭花是觀察力十分銳利的人，她最善於捕捉人臉部的特徵，一個人在經過她的雙眼之後，若不是他的化裝真正巧妙到極點，木蘭花總是可以將他認得出來的。

剛才木蘭花之所以陡地以手指挾住了那張碎報紙，就是因為她看到那張照片上，站在那個藩王左右的兩人，竟就是剛才在廚房內那三人中的兩個！

木蘭花迅速地轉著念，這是一個巧妙之極的計畫，世上所有的人，對於出手豪闊的人總不免另眼相看，租一架豪華客機，用許多人來扮飾印度藩王和他的侍從，再假造護照，那雖然要花許多錢，但卻不是完全辦不到的事情。

而且，在花了本錢之後，這架豪華客機便可以十分隨便地來往東西，從美洲到歐洲，從歐洲到亞洲，都可以通行了。因為他們不但公開，而且是極其招搖地來往，誰會想到他們是假的？

而且他們所到之處，一定手段極之豪闊，又絕不走私夾帶，海關人員當然不會對他們找麻煩的。

這可以說是帶一個人堂而皇之從亞洲到南美洲的最佳辦法！

木蘭花一直風聞歐洲的一些大的歹徒組織，行動十分大膽，十分豪奢，但是她一直未曾與之交過手，直到如今，她才感到歐洲的大犯罪果然名不虛傳。

她連忙一躍而起，打電話到機場，問：「浦傑辛藩王的座機將飛往何處？」

「準備飛往南美洲，你是哪一家報館的記者？」對方答。

木蘭花沒有再說什麼，她放下了電話。飛往南美，這正是她所需要的答覆。然而，她知道了這個印度藩王是假裝的，又有什麼辦法去阻止他們呢？他們所備的假證件一定十分精巧，說不定他們早已賄賂了藩王的部屬，取得了正式的證件，那麼，她一加阻止的話，便引起大問題了。

看來，如今唯一的辦法，便是跟蹤他們到南美洲去！

印度藩王顯然是假的，他們的目的地也是南美利馬高原，但他們半途上，只怕在幾個的城市之中還要裝模作樣地下機來遊覽一番，以免得人家疑心，那麼，木蘭花還有可能在他們之先到達南美洲了。

正當木蘭花又想打電話給高翔的時候，高翔已經在木蘭花的門外按著電鈴了。

等木蘭花將門打開之後，高翔的第一句話就是：「秀珍怎麼了？她有沒有危險？」

木蘭花嘆了一口氣，道：「暫時是沒有的。」

「唉，」高翔搖了搖頭：「馬紳士在警局大發脾氣，而且聲言要在市議會中提出徹底整頓本市的警務組織。」

「他還敢發脾氣，他的兒子犯了罪，他還得不到教訓麼？」

「他就是想以他在市議局的地位來威脅方局長，要方局長不再扣留馬超武，如今，方局長的處境十分為難。」

「笑話，他憑什麼來威脅警方？」

「馬超文失蹤了，他說警方低能。」

「市議會不是剛召開過麼？就算他要攻擊警方，也要再等二十多天——」木蘭花頓了一頓，「到這時候，我想馬超文一定可以回來了，馬超武是本市著名的花花公子，仗著勢力，也已做了許多惡了，這次絕不能讓他再逃出法網！」

「你有把握使馬超文平安回來？」

「是的，我有。」

「好，那我留在這裡，代表方局長和馬多祿周旋，我們一定對馬超武起訴，使他受到應有的法律制裁，不能讓他逍遙法外！」高翔沉聲道。

「你將我南美旅行的一切文件，準備好了沒有？」

「明天就可以齊備了，蘭花，我祝你成功。」

木蘭花握住了高翔伸出來的手，她的心中也不禁黯然，一連好幾件冒險的事，她都和高翔攜手，但這一次，她卻不得不和高翔分手。

而且她明白高翔所謂「和馬多祿周旋」是什麼意思，高翔是準備用一個方法，甚至回到他投身警界之前的身分來對付馬多祿！

第二天，下午時分。

木蘭花提著一只輕便的手提箱上了飛機，她的行動保持著高度的機密，高翔特地派了一個面目身材和木蘭花十分相似的女警，在木蘭花的家中居住。

如果那個犯罪組織方面還有人留在本市監視木蘭花的話，也足可以瞞得過去的，監視的人將會滿意於木蘭花的足不出戶！

木蘭花至昨晚已定下了追蹤的方法，因為那「印度藩王」的行動，並未保守秘密，而且是新聞記者追蹤的目標，木蘭花就知道「印度藩王」的專機在離開本市之後，是飛往夏威夷的。在夏威夷停一日，然後再飛往加拿大，由加拿大再渡過北美洲，經過墨西哥，到達南美洲北部的委內瑞拉。

當然，豪華的噴射客機是不能直接飛往利馬高原的，到了委內瑞拉之後，他們還要有新的行動。

木蘭花的計畫是：在夏威夷，她要先設法與這群膽大妄為的匪徒接觸，如果不能成功的話，那麼她就從夏威夷直飛委內瑞拉。

木蘭花是化裝成一個中年婦人上機的，她不擔心自行的行蹤被人發現，也不擔心那個犯罪組織十分難以對付，她所最擔心的，便是落在匪徒手中的穆秀珍，她是深知穆秀珍堅強、妄動的性格的。

穆秀珍絕不甘心自己落在匪徒的手中，一定會設法脫出匪徒之手，然而她的行動又不夠小心，計畫也不夠縝密，如果她胡來的話，那麼她的處境就變得極其危險了！

飛機上的旅客只怕誰也想不到，一個閉著眼睛在養神的中年婦女，就是鼎鼎大名的女黑俠木蘭花，也想不到一個看來像是養神的人，心中卻是如此之緊張。

飛機那種輕微有規律的震動和聲音，是十分容易引人入睡的，木蘭花心中在祈求著：秀珍啊秀珍，你千萬不要生事才好。

當穆秀珍重新又醒了過來的時候，她發覺出眼前一團漆黑，而她的身子則蜷曲著。

穆秀珍只覺得頭部陣陣刺痛，在黑暗之中，眼前似乎有許多發光的蚊子在飛舞一樣。穆秀珍又迅速閉上了眼睛，深深地吸了幾口氣，再睜開眼來，眼前仍然是一片漆黑。

但這時，她卻感到了一陣震盪。

那一陣震盪，使得她蜷曲的身子彈起了幾吋，頭撞在一種不軟不硬的橡皮上。似乎是在車子上，穆秀珍想著，然而，她存身之處看來卻又不像是車廂。

穆秀珍手、腳上的束縛已經沒有了，她伸手轉動鞋跟，藏在鞋跟中的小電筒還在，她按亮了小電筒之後，不禁苦笑！

她存身之處，是一個三呎高，四呎寬長的空間，四面全是密不通風的，她的小電筒並沒有用處，因為她立即看到有一具更大的電筒附在箱子上。她伸手將大電筒取了下來。

按亮了之後，她看得更清楚了，箱子內部是灰白色的橡皮，手按上去，十分有彈性，那是絕對隔音的，當然也不透氣。

穆秀珍一想到自己存身的地方不透氣，不禁驚慌了起來。

然而，就在這時，穆秀珍卻看到箱子頂上有著凹陷下去的地方，在那地方放著一排六罐壓縮氧氣，和一具氧氣面罩，以及一只鋁質盒子。

看來，這個箱子竟是專用來裝人的！

因為在那長罐壓縮氧氣和面具以及那只鋁質盒子之旁，寫有兩行英文字，寫的是：**當你呼吸困難時才使用氧氣，你要經過長途旅行，不要浪費氧氣，你的食物是壓縮營養劑，你將忍受肚餓，但不會餓死。**

穆秀珍看完了這兩行字之後，用力握著拳頭，在橡皮壁上用力地搥著，可是橡皮的彈力，卻使她的拳頭彈得十分高，而且一點聲音也發不出來。

敲了許久，穆秀珍才喘著氣坐了下來。

那箱子裡面的空間，不能使她睡下，但是卻可以比較舒服地坐著，她坐了下來之後，拉下了一罐氧氣，按下了一個掣，任由氧氣「嗤嗤」地噴出來。

新鮮的氧氣，使得她精神一振，她曲著身子站了起來。

可是也就在此際，那只箱子卻搖盪了起來，令得她跌倒在箱子的一角，她不知道那箱子究竟發生了什麼變化，只得雙手按在箱壁上，竭力平衡著身子。

穆秀珍不知道這時，她正是在機場上，一輛起重機正將兩只大箱子吊了起來，放進印度藩王專機的行李艙中。

而那兩只大木箱，外表看來和任何裝貨的箱子沒有分別，上面印著「玻璃器皿，小心搬運」等字樣，穆秀珍在箱子搖盪得十分劇烈的時候，放聲大叫了起來，可是她的叫聲，在外面卻是完全聽不到。

等到大木箱被放在行李艙中之後，穆秀珍覺得震盪已停止了。兩只大木箱並排放在一起，穆秀珍當然也不知道，她甚至不知道飛機已經起飛，她已經在高空之中了。

她旋開了另一個鞋跟，在鞋跟中取出一柄小刀來。那柄小刀抓起來，只不過吋許見方，但是拉開來之後，卻是一柄鋒長三吋的小刀，一面是鋒利的刀口，另一面是嵌有金剛砂的利鋸，這柄利鋸，可以鋸斷徑約半吋的鐵條。

穆秀珍用小刀在橡皮上挖著，橡皮十分韌，十分硬，要挖出一個洞來，十分困難，穆秀珍仍然不斷地挖著，她也不知道用多少時間，才挖出了一個小洞來，穆秀珍用眼湊在那個小洞上，向外看去。

外面的光線十分黑暗，在朦朧地，穆秀珍目光所及之處，是許多旅行箱和布袋。

「我難道是在一個貨倉之中？」穆秀珍心中暗忖，她絕想不到自己已經在一萬多呎的高空之中飛行了。

她又利用那小刀有鋸齒的一面，將那個橡皮洞漸漸地擴大，橡皮足有三吋來厚，要弄出一個足可以供人鑽出去的大洞，是更加困難的事。

穆秀珍好幾次中途停了下來，但是當她想及那是她唯一的逃生之路的時候，她又繼續工作了下去。

她滿頭大汗，算來足足花了一個多小時，才鋸開一個可以供她鑽出來的大洞，當她的身子從那個大洞中擠出來的時候，她大大地鬆了一口氣。

這時，她也已覺察自己究竟是在什麼地方，輕微的震盪，馬達聲，機艙特有的形狀，都使她知道，她在一架正在飛行的飛機上！

由於是在行李艙中，她也沒有法子看到飛機是在什麼地方的上空飛行。

穆秀珍想，若是能找到一具降落傘，那麼她便可以不顧一切地設法跳下去，可是她卻找不到降落傘，她只是發覺，那種大木箱有兩個之多。

她到了另一個大木箱上，用手指敲了兩下，道：「喂，裡面有人麼？」

她的問話出口之後，才覺得好笑，因為當她的手指透過木板的夾縫之際，她也碰到了橡皮。

她知道那箱子中一定也關著一個人。

那是什麼人呢？穆秀珍卻想不出來。

她先撬開了一塊木板，找到了一把鎖，她用一根鐵條將鎖扭了開來，用力掀起了橡皮蓋子，叫道：「有人麼，還不快出來——」

怎知她一句話剛講完，突然從箱子中跳起一個人來，那人拿著一長罐罐裝氧氣，向穆秀珍當頭擊了下來。

穆秀珍絕料不到自己打開了箱子，箱子中的人竟會向自己突襲！她連忙身子一矮，側身滾了開去，「咚」地一聲響，那一長罐氧氣未曾擊中她，穆秀珍卻已一躍而起，向那人一掌劈了下去，那人一側身，穆秀珍的一掌劈中了那人的肩頭，那人「咕咚」一聲，跌進了箱子中，穆秀珍「啪」地蓋上了箱子蓋，百忙中將那罐氧氣夾在箱蓋下，使箱蓋不能完全闔上。

但穆秀珍卻也理不了那麼多了，她身子一聳，便坐到了箱蓋上，用力壓住了箱蓋。

只聽得箱子有人叫道：「放我出來，放我出來。」

「呸！」穆秀珍道：「你一出來就打我，我為什麼還要放你出來？」

箱子中那人不再出聲。

「你是什麼人？」穆秀珍俯身向縫中張望，希望看清楚箱子中是什麼人，剛才她因為急於躲避，根本未曾看得清楚。

箱子中沉默了片刻，才道：「笑話，你們不知我是什麼人，將我關在箱子中作什麼？」

「烏龜王八蛋才是將你關在箱子中的人，老實和你說，我和你一樣，也是被人家關在箱子中的，只不過我夠本領，逃了出來，不像你那樣，要我來放你！」穆秀珍得意地回答。

「那麼，你又是什麼人？」

「我叫穆秀珍，我是木蘭花的妹妹。」

「木蘭花——」箱子中的聲音沉吟了一下，立即又「咦」地一聲，道：「我明白了，在美國，我在華僑社會中時時聽得兩位的大名，你們是有名的女黑俠，是不是？」

「哼，算你還有些見識，咦，那你是什麼人啊？」

「我是馬超文。」

6 重回高原

「馬超文？」

穆秀珍手在箱蓋上一按，跳了下來。「馬超文，啊哈，人家找得你好苦，你卻在這裡優哉遊哉，哼，你們這種花花公子，真不是東西。」

穆秀珍素知馬超武是出名的花花公子，想來馬超文也不會好到什麼地方去，所以一開口，便沒頭沒腦地先罵起來。

馬超文頂開箱蓋，站了起來。穆秀珍一臉不屑的神情，向馬超文望去。可是她一看到馬超文，不禁呆了一呆，從箱子中站起來的馬超文，神情十分憔悴，右手按在肩頭近頭部之處，這正是被穆秀珍剛才一掌劈中的地方，想來仍十分疼痛。

從馬超文的神情看來，他實在不能算是一個花花公子，而是個第一眼便給人以好印象的知識青年。

馬超文慢慢地抬起了頭來，他也看到了穆秀珍，不禁為之一呆。

從穆氏姐妹的名氣，本領，以及他剛才捱了一掌，直到現在還疼痛這幾方面看來，穆秀珍應該是一個孔武有力、腰粗如牛的大力士了。

馬超文在未見穆秀珍之前，心中就存著這樣的印象，然而，這時站在他面前的，卻是一個十分嬌秀美麗的少女，大眼、杏臉，嘴唇的線條十分頑皮，一看就知道她是一個十分淘氣的姑娘。

兩個人在一時之間呆住了，因為對方的樣子和他們心中預先所想像的完全不同，所以令得他們都呆呆地望著對方。

好一會，馬超文才笑了一下，道：「剛才那一掌，是你劈我的麼？」

「是啊，可曾劈傷你？」穆秀珍有點抱歉。

馬超文勉強笑了一下，道：「還好，沒有。」

「哼，別假裝了！」穆秀珍走了過去，一把拉開馬超文的手，用力在馬超文的頸際摸了兩下，馬超文「哎唷」叫了起來，可是他馬上現出了笑容，道：「好多了，真的好多了。」

「誰叫你沒頭沒腦就用鐵罐打人？」穆秀珍瞪著馬超文，埋怨他。

「唉，我哪裡知道是穆女俠呢？」

「嗤——」穆秀珍抿嘴一笑道：「看你，人在箱子裡，口稱多謝女俠，倒像是在演武俠片。」

「是有點像，如果不是你，我怎麼出得了這個箱子呢？你說是麼？」

「當然，」穆秀珍得意起來，她等馬超文跨出了箱子之後，才問道：「喂，我問你，你從南美洲回來後，行動為什麼那麼神秘？」

「我神秘？」馬超文苦笑了一下：「我其實一點也不神秘，我只不過看到了他們那些人就覺得討厭，所以我將自己關了起來；同時，我的精神還十分恍惚，我在利馬高原上所發現的——」

他講到了這裡，頓了一頓。

「你在利馬高原上發現了什麼？」穆秀珍立即問。

「鑽石，」馬超文的聲音十分神秘：「你決不會相信世界上有那麼多大顆純正又自然的鑽石，幾乎整條小溪的底部都是鑽石！」

「哼，那時你一定在做夢。」

「我不是在做夢，但當時我的精神因為中了毒，而處於半昏迷的狀態之中，但是我如今仍可以清晰地記起那種閃光，那一大塊一大塊的鑽石……」

「只有你一個人發現這些鑽石麼？」

「不，還有一個探險隊的隊員，叫作谷柏・漢烈，但後來我們是如何分的手，以及如何下利馬高原的，我卻一點也記不得了，我們一定是誤服了有毒的東西，探險隊其他成員也都死在那神秘的高原上了。」

「那麼，如今擄劫你的是什麼人，你可料得到麼？」

「我料不到，那天清晨，我爬牆回去，就中了伏，之後，我一直被麻醉著，等我醒來時，我已在這個箱子中了！」

穆秀珍「嗯」地一聲，將他的哥哥馬超武設計綁架他，又向自己父親勒索的事，向他講了一遍。

「無恥，無恥，太無恥了！」馬超文狠狠地斥責著他那不成才的哥哥。

穆秀珍暗暗地點頭：「但如今，我們是在什麼人的手中，那卻不知道了。」

「穆小姐，你是怎麼落入他們手中的？」馬超文忽然這樣問。

「我？」穆秀珍臉上紅了一下，她是個好勝的人，是以不好意思在馬超文的面前說出她是在沉睡中被人叫醒，一叫醒便落入別人手中的。

她支吾了片刻才道：「他們人多，我打不過他們，不過我被他們帶走的時候，蘭花姐是看到的，我想這時候，她一定會設法救我們的。」

「唉，看來我們現在是在一架飛機上，木蘭花小姐怎麼來救我們？」馬超文愁眉苦臉地說。

「怕什麼？有我啊！」穆秀珍拍了拍胸口，道：「包在我身上，叫你安然脫險！」

「當然，穆小姐是有名的女俠，我是可以放心的！」馬超文望著穆秀珍。

他的話使得穆秀珍更是信心百倍，她又道：「那麼，你可得聽從我的指揮才好！」

馬超文點了點頭，道：「當然。」

穆秀珍的心中大是高興，她之前參加過的冒險事蹟雖多，但幾乎出主意的全是木蘭花，如今，輪到她來出主意了，這使她異常地興奮，她幾乎要慶幸目前的處境了。

「首先！」她揚起手來，竭力學著木蘭花的神氣：「行李艙通常是在飛機的尾部，我們設法通知客艙中的人，告訴他們，我們被困在這裡，那麼，機師一定會在最近的地點著落，將我們放出來的！」

穆秀珍講完後，忽然想到事情有些太簡單了，簡直一點也不驚險刺激，她覺得十分不過癮。

「你是說，」馬超文卻表示懷疑：「我們被裝進箱子之後，壞蛋就不再理我們了麼？」

「這個——」穆秀珍呆了一呆：「當然不是不理，而是將我們當做貨物一樣，在到了目的地之後，再將我們交到『收貨人』的手上！所以，我們只消通知機艙中的人，便可以脫險了。」

她看到馬超文的臉上還有猶豫的神色，便揮了揮手道：「這是極其簡單的，等我來看看，這行李艙是不是有通向機艙的門。」

穆秀珍向前走去，推開了許多行李箱，來到了行李艙的盡頭，馬超文仍然不相信事情那樣簡單，但他仍然跟在穆秀珍的後面。

「看，這裡果然有一扇門，只不過要從外面才能打開而已，讓我弄出一些聲響來，使人注意我們，將門打開來！」穆秀珍拿起一只行李箱，便向前面撞去，發出了砰然巨響來！

如果這時候，從箱中脫身而出的是木蘭花，那木蘭花一定不會這樣莽撞的，即使她不知道匪黨扮成了印度土王，包有專機，她也會想到飛機和匪黨有關，一定先打開所有的行李箱來檢查一下，等飛機停下的時候再作打算，而不會像穆秀珍如今所做的那樣，反倒發出巨響來，令人注意。

穆秀珍用行李箱在門上撞了幾下之後，只聽得門外響起一陣聲響，接著，那扇門突然被打了開來。

穆秀珍心中得意，抬起了雙手，道：「啊哈，你們想不到飛機上有免費的——」

她一句話才講到這裡，便不禁陡地呆住了！

她幾乎不相信自己的眼睛，但是當她揉了揉眼睛之後，所看到的仍是一樣。她看到在機艙中，有二十來人，約有七八個女子，或坐或臥，每一個人都望著她，每一個人也都作印度人的打扮，連那三個站在門前用手提機槍指著她的人在內。

穆秀珍認得出，那三個人，就是睡夢中將她捉住的人。

穆秀珍吸了一口氣，才道：「你們……你們全是印度人麼？」

她這句話講出口後，才覺得這話十分滑稽，想要發笑，然而她卻又笑不出來，她只是搖了搖手，道：「不要開槍，在飛機上是不能開槍的，一開槍，大家都完了，你們知道麼？金手指就是因為在飛機上開槍，而被湧進機艙的激流捲出去的！」

「我們當然知道，」講話的仍是那個刀疤臉，他拋去了手中的槍，卻又迅疾無比地自腰際抽出另一柄槍來，道：「這柄槍所發射的，不是子彈，而是在四秒鐘內致人死命的毒針！」

穆秀珍不由自主地後退了一步，在她身後的馬超文立時踏前一步，低聲道：

「穆小姐，別怕！」

「呸！誰害怕來？」穆秀珍立時反駁，她想做大英雄，卻不料事情的發展和她所預料的完全不同，反倒要馬超文來安慰她，要她不要害怕，她心中自然是十分氣惱了！

「你們是什麼人，為什麼將我們囚禁？」馬超文向前跨出一步，沉聲發問。

穆秀珍這時才發現，馬超文並不是盡如他外表一樣，看來文質彬彬，在應該勇敢的時候，他也十分之勇敢。

穆秀珍唯恐他受到傷害，連忙踏前兩步，護在馬超文的身前。

可是馬超文卻怕她受到傷害，又踏前一步，站到了她的身前，穆秀珍忙又再跨前了一步。

他們兩人一個接一個地跨向前去，刀疤臉反倒後退了兩步，他疾喝道：「站住，不准動！」

穆秀珍停了下來，突然之間，她發覺自己不知從什麼時候起，和馬超文手和手緊緊地相握著，當穆秀珍一發覺了這一點之後，她突然覺得身子震了一震，心頭起了一種極其異樣的感覺，連忙縮了縮手，馬超文轉過頭來，向她抱歉地一笑。

穆秀珍低下頭去，她從來也不是害羞的人，但這時，她卻自然而然地低下了頭去！

就在這時候，刀疤臉側了側身子，一個身形肥胖的人已到了兩人的前面。那人挺著大肚子，穿著極其豪華的印度衣服，衣服上綴著許多各種顏色的寶石，看來那些寶石全是十分名貴的真貨。

只不過這個「印度人」頭上卻沒有纏布，而且他的臉十分黝黑，就像印度人一樣，而他頭上沒有纏布的地方，皮膚則十分白，這分明是一個白種人，只不過化裝成印度人而已。

他來到了兩人的面前，伸出他戴滿了戒指的手來，道：「馬超文先生，請允許我自我介紹，我是勃列斯登，義大利那不勒斯的勃列斯登。」

馬超文翻著眼睛，無動於衷，因為他是一個科學工作者，他的世界就是他所研究的科學，「那不勒斯的勃列斯登」這個名字，對他來說，就和張三李四一樣，絕無別的意義。

然而穆秀珍卻不同了，木蘭花有著世界著名匪徒的許多資料，穆秀珍自然知道，在歐洲，發源自義大利的兩個歹徒組織的勢力最大，最大的是「黑手黨」，據國際刑警組織的統計，黑手黨徒遠佈歐美，超過一百五十萬人。

而第二個歹徒組織，則是「紅衫俱樂部」。「紅衫俱樂部」和黑手黨之所以能一齊存在，而不起火併的緣故，是因為這兩個歹徒組織作風不同的緣故。

黑手黨廣收黨徒，不理會黨徒成分，黑手黨所做的是黑社會做的事，黨徒走私、販毒、暗殺、打人，行動卑鄙，是世界上最大的黑社會組織，而且歷史悠久，美國在禁酒時期，黑社會大為猖獗，芝加哥黑社會大頭目中，就有好幾個原來是黑手黨中的人。

而「紅衫俱樂部」則不同，「紅衫俱樂部」吸收成員極之嚴格，要參加「紅衫俱樂部」幾乎比要競選參議員更難，要經過極其嚴格的調查。

「紅衫俱樂部」中的人，自然也全是罪犯，但卻是「斯文的罪犯」，他們包括第一流的珠寶竊賊和偽造珠寶者、古畫竊賊和古畫偽造者、業餘走私高手，大凶案、大陰謀的策劃者，銀行、賭窟搶劫的設計者、商業上的大騙案製造者，甚至於受雇於任何政府的高級特務等等。

「紅衫俱樂部」分子所犯的每一件案子，事先都經過絕對秘密的佈置，事後也絕無線索可循。

許多國家的警方都知道有些懸案是他們這些人做的，但是卻也奈何不了他們，這便是這個犯罪組織手段高強之處，而這個「那不勒斯的勃列斯登」，正是紅衫俱樂部的兩大巨頭之一！

所以，在馬超文絕無反應之際，穆秀珍卻已吸了一口冷氣，道：「是你！」

「他是什麼人？」馬超文問。

「世界上最狡猾的罪犯！」穆秀珍回答。

「小姐，你錯了，我是世界上最狡猾的罪犯之一！」他在「之一」兩字上特別加重語氣。

「別忘了我們的好朋友，雖然他不在機上！」

穆秀珍知道，他所謂「好朋友」，那當然是「紅衫俱樂部」中另一個頭子了。

「我不理會你們是什麼人，你們為什麼要囚禁我們，快說！」馬超文理直氣壯地問。

「好！」勃列斯登道：「我們喜歡像馬先生一樣的痛快，馬先生，我們要你帶路。」

「帶路？」

「是的，到利馬高原去。」

「你們……你們……」馬超文不勝訝異。

「我們找到了谷柏・漢烈。」

「啊，是在什麼地方找到他的？」

「我們中的一個成員，發現他在圭亞那一個小城遊蕩——他精神失常了。」

勃列斯登講到這裡，像是不勝同情似搖了搖頭。

馬超文嘆了一口氣，道：「他和我是探險隊中唯一生還的兩個人，他卻成了瘋子，這真是太不幸了！」

「不，馬先生，對你來說。他精神失常是天大的幸事，因為如果他不是精神失常，我們就要他來帶路，而這是一個大秘密，我們不想有別的人知道，你應該料得到你的後果是如何的了。」

「殺人滅口？」馬超文憤然反問。

勃列斯登點了點頭。

機艙中十分沉靜，除了勃列斯登和馬超文兩人的對話之外，沒有別人出聲，這時他們兩人都住了口，機中就只是沉靜。

「馬先生，谷柏雖然成了瘋子，但是每一天之中，間或有一兩分鐘是清醒的，在清醒的時候，他嚷叫著說他在利馬高原上發現了大量的鑽石，湊巧得很，我們對鑽石十分有興趣，這可以說是我們的弱點，」勃列斯登奸笑了一下：「而他又說是和你一齊下利馬高原的，那時你的神智模糊，他的神智清醒，他還說有好幾次，你幾乎失足跌死，都是他救你的！」

馬超文沉痛地點了點頭，這是完全可能的，因為直到如今為止，他對於如何下了利馬高原的經過，自己全然不知！

「所以，」勃列斯登繼續說：「我們知道你一定也在利馬高原上發現過大量的鑽石，是不是？」

馬超文站著不動。

勃列斯登突然厲聲吼叫了起來，道：「是，或不是！」

馬超文仍不出聲，穆秀珍碰了碰他的身子，低聲道：「別吃眼前虧！」

馬超文這才點了點頭，道：「是。」

「很好，你一定還記得路程，我們的飛機如今就是往南美去的，因為我們假扮成了印度藩王，所以在一些著名的城市中，我們要逗留一陣，譬如說，再過六小時，我們就會到達夏威夷了，在夏威夷，我們要過一夜，在飛機停留的時候，你們必需被麻醉，但在事情成功之後，馬先生，你和穆小姐都可以得到巨額的餽贈，紅衫俱樂部是絕不會虧待人的。」

「我反對受麻醉！」穆秀珍大聲說。

「你的反對無效。」勃列斯登一字一頓地回答道。

「先生，」馬超文緩緩地道：「我還未曾答應帶你前去呢。」

「你會的，馬先生，你會的！」勃列斯登在馬超文的肩頭上拍了拍，然後又道：「因為你不想我們喪失斯文的，是不是？」

「你們這些——」

「不顧廉恥的匪徒！」勃列斯登立即接了下去：「我想你是想這樣罵我們。不錯，我們是不擇手段為錢，可是我們對我們的目標和使用的手段都直言不諱。馬先生，令尊是一位巨富，他得到那麼多錢的手段，你敢保證是完全合法的麼？你敢保證沒有罔顧廉恥的事在內麼？你能保證麼？」

「你們——」馬超文鐵青著臉，難以講下去，他自然知道他父親用過許多不正當的手段。事實上，也不只是馬多祿一人，世上能有多少富豪，清夜捫心自問，可以說自己絕對沒有做過對不起人的事？

穆秀珍看到馬超文受窘，連忙大聲道：「他是他，馬多祿是馬多祿！」

馬超文十分感激地望了穆秀珍一眼，道：「不錯，他是他，我是我。」

「我們現在暫時不討論這個問題，請兩位隨便坐。」

「我們寧願回行李艙去！」穆秀珍道。

「那也可以，行李艙中的確是談情說愛的好所在，剛才如果不是你們那麼大力地撞擊，我們也不知道兩位已經脫身了。穆小姐，我們曾向令姐保證過你的安全，希望你不要自己自作聰明。」

穆秀珍被勃列斯登的話講得俏臉通紅，她瞪了勃列斯登一眼，和馬超文退回了行李艙，行李艙的門立即被關上，穆秀珍握著右拳，向關上了的門揚一揚，恨恨地說道：「總有一天我要叫你飽嚐老拳！」

回到了行李艙之後，馬超文的面色已鎮定了許多，他笑了一笑，道：「穆小姐，我看我們還是等到了利馬高原之後再說罷。」

「什麼？」穆秀珍叫了起來：「每到一個地方，就接受一次麻醉麼？」

「那又有什麼辦法？」

「當然有，你別著急！」穆秀珍在機艙中來回走著，時不時咬著指甲，搔著頭皮。

「出去和他們硬拚！」她揚著小刀。

「不行，他們人多。」不到一分鐘，她便自己否定了自己的辦法。

「設法找降落傘，跳下去！」她又揮著手說。

「也不行，太高了，而且你又沒有跳傘的經驗！」她瞪著馬超文，像是她逃不出去，全是因為馬超文沒有跳傘經驗的緣故。

馬超文忍住了笑，道：「穆小姐，真想不到原來你是那樣的一個人！」

「我怎麼樣？」穆秀珍雙手叉著腰問。

「你天真，爽直，勇敢，還……還……」

穆秀珍聽到了那麼多讚美的話，已經興奮得紅了臉，這使她看來更美麗。

她忙道：「還怎麼樣？」

馬超文直視著她道：「還那麼可愛。」

穆秀珍呆了一呆，連忙轉過身去，心頭無緣無故地亂跳了起來。

馬超文忙道：「我講的是全是由衷之言。」

「誰說你撒謊來著？」穆秀珍向前走了兩步，並不轉過身來，但是她少女特有的敏銳感覺，卻使她感到馬超文正緊緊地望著她。

「穆小姐，我可以說是一個書呆子，你們所過的生活是極其多姿多采的，你可以向我講述一些麼？」馬超文力圖打破僵局。

「當然可以！」穆秀珍轉過身，開朗地笑了起來，她全然忘卻了自己是在「紅衫俱樂部」一幫匪徒的掌握之中，興高采烈地講了起來。

她講了如何和賀天雄以及隱伏在警方組織中的陳探長爭奪死光武器，也講了如何和黑龍黨作鬥爭，更講了她在古董店買了六個木人頭之後，經過一連串的曲折，獲得國際警方巨額獎金的經過。

飛機依照正常的航線向前飛著。當飛機在夏威夷機場降落之前，刀疤臉打開了行李艙的門，向他們兩人迅速地發射了麻醉針，又將他們兩人分別地放進了大木箱之中，藏了起來。

在夏威夷機場上，記者群集，當「印度藩王」的專機降落之後。掌聲雷動。當「印度藩王」下機的時候，熱情的夏威夷少女奔上去將花環套在所有人的頸上，而一隊夏威夷的舞孃，則在柔和的吉他聲中，跳著傳統性的草裙舞。

「印度藩王」的頭上，當然已裹了白布，而且在白布的正中，佩帶著一塊老大的紅寶石——即使對珠寶完全外行的人，也可以看出那是一顆真正的，價值鉅億的紅寶石。

「紅衫俱樂部」是一個不同凡響，極其特別的犯罪組織，他們假扮「印度藩王」，那種豪闊奢侈的手段，使得真的印度藩王為之自愧不如！

在「印度藩王」正在市內最高貴的酒店休息的時候，另一班由東方飛來的客機，也降落在夏威夷機場上，搭客魚貫而下。

木蘭花在這些旅客之中，她一下機，就看到了停在機場中印度藩王的專機。

她只看了一眼，便向機場的出口處走去。

這時候，她已想到了兩個可能：一個是馬超文和穆秀珍就在飛機上，第二個可能，是兩人被帶進了市區，後一個可能當然不大。

所以，當她通過了海關的檢查之後，並不立即離開機場，只是在候機室中來回踱著步，她注意著搬運車的駕駛員匆匆地走來走去，直到她看到了一個身子和她差不多高矮的，才向前迎了上去。

「先生，請問你——」她來到了那個搬運車駕駛員的面前，慢慢地說著。

由於她的衣著十分華貴，那駕駛員連忙停了下來，有禮貌地聽她的話。

木蘭花已來到離他極近了，才繼續道：「你的搬運車是第幾號？」

「夫人，」那駕駛員不勝駭異：「這……和你有什麼關係？」

「有的，因為我要代替你工作片刻，你看這個。」木蘭花伸手入手袋中，取出了一柄十分精緻的手槍來，那駕駛員嚇了一跳。

「我對你絕無惡意，只不過要借你的工作制服和你的工作車一用，你更可以放心，我絕不是去犯罪，而是去制止犯罪！」

「這……這……」

「你不必猶豫了，快到偏僻的地方去將衣服脫下來，要不然，你縱使不致於喪命，也得在醫院中躺上一個時期了！」

那駕駛員向前走著，有幾個機場的保安人員迎面走來，可是那駕駛員卻一聲也不敢出，不一會，到了一個冷僻的角落處，那駕駛員將身上的制服脫了下來。

木蘭花冷冷地道：「朋友，如果你在我工作還未曾完畢之前洩露這件事，我就說你是和我合謀的，那時，你的職業就保不住了，所以最聰明的辦法，是到廁所中去躲上一會，我只要十五分鐘的時間就夠了，你的車子是第幾號？」

「第……七十九號！」

「好，十五分鐘後，你可以得回衣服和五百元美金的報酬，如果你聲張，那你就先失去工作，還要惹上警方的麻煩，你自己去考慮吧！」木蘭花迅速地向後退去，退到了另一角落中。

當她從那牆角中走出來的時候，她已經是搬運車的司機了，她堂而皇之地進了機場，在停著搬運車的地方，輕而易舉地找到了第七十九號車子，她駕駛著那輛車子，向「印度藩王」的飛機駛去。

7 紅衫俱樂部

夏威夷機場是一個規模十分宏大的機場，行李貨物搬運車不下百餘輛之多，在廣闊的機場上，穿梭也似地來回工作著，木蘭花的行動，是絕不會受到任何人注意的。

她順利地到了那架飛機之旁，她按動了一個掣，車上的一塊鐵板向上升去，直升到和機艙的一樣高。

這是每一輛搬運車都有的設備，為的是方便行李的搬運。

木蘭花下了駕駛位，在鐵梯上向上攀去，到了機艙門口，她四面看了一看，仍然沒有人注意她，她取出了開鎖的工具，不消兩分鐘，她已打開機艙門，她立時閃身而入。

她一閃進了艙，身子立時伏下，向旁滾了滾，然而她立即發覺那是她過分的小心，機艙之中，根本一個人也沒有。

木蘭花站了起來，關上了艙門。

她四面看了一看，約略地檢查了一下座位，便來到了飛機機艙的後部。那是空中小姐工作和休息的地方，也是機上廁所所在處，有著許多小的間隔。木蘭花一個門一個門打開著，看裡面全沒有人。

她到了機艙的最尾部，那裡有一扇門，木蘭花自然知道那是通向行李艙的。她握住了通向行李艙的那扇門的把手，慢慢地旋轉著，然而，也就在此際，她突然聽得背後一個人喝道：「別動，你做什麼？」

木蘭花陡地一呆，轉過身來，她看到通向駕駛室的門被打開了，一個機師模樣的人，正向她大踏步地走了過來，聲勢洶洶。

木蘭花笑著迎了上去，道：「先生，搬行李啊！聽說藩王給的小費很高——」

「快滾下去！」不等木蘭花說完，那機師一伸手便抓住了木蘭花胸前的衣服，幾乎將木蘭花提了起來。

他沾到了木蘭花，那就算他倒楣了！木蘭花手在椅背上一按。雙足騰起，夾住了他的頭頸，猛地一絞，那機師突然身子一側，頭向艙門撞去，「咚」地一聲響過處，他已倒在沙發上不能動彈了。

木蘭花舒了一口氣，可是也就在此際，卻另有一個聲音傳了過來，道：「好精彩的一式倒掛腳。」

木蘭花連忙抬頭看去，只見在駕駛室中還有著一個人，那人坐在一張可以旋轉的椅子上，正冷冷地望著木蘭花。

木蘭花立時掣槍，可是那人口中的菸嘴突然抖了一抖，「颼」地一聲過處，有一件東西向木蘭花射來！

木蘭花豈能給他射中，身子一側，那東西「啪」地一聲射在木蘭花身邊的沙發背上。

那是一枚針，在射中了沙發背後，針後的一個小皮囊迅速地癟了下去，顯然是射中了人的話，那麼小皮囊中的液體也一定會注進人體內了。

木蘭花在沙發背後揚起槍來，道：「舉起雙手，放下你的菸嘴！」

那人哈哈笑了起來，道：「你敢開槍麼？槍聲一響，會有什麼結果？」

「我有滅音器！」木蘭花陡地站了起來。

也就在那時，那人突然向前撲來，「砰」地一聲，將駕駛室的門關上了！

木蘭花迅疾無比地衝到了門前，用力一拉，門已被在裡面拴上了。

同時，在機艙擴音器中，有聲音傳了出來，道：「你是什麼人，你登機有什麼用意？我要通知機場防衛人員來捕捉你！」

木蘭花冷笑一聲，道：「賊喊捉賊麼？」

從擴音器中傳出的聲音道：「你太過分了！」

木蘭花向外看去，已看到有幾個穿著機場守衛制服的警員正在奔了過來，木蘭花連忙退到了行李艙的門口。可是，就在她要拉開行李艙門之際，一個守衛人員已攀上了機身，叫道：「你被捕了！」

他身子一俯，藉著椅背的掩遮，猛地向木蘭花拋出了一枚催淚彈，那枚催淚彈在向前拋來之際，嗤嗤有聲，冒出濃煙來。

木蘭花瞧準了催淚彈的來勢，一腳踢在催淚彈上，將那枚催淚彈踢得向外反彈了出去，「轟」地一聲響，催淚彈在機艙門口爆了開來，濃煙開始滾滾而出，一半湧進了機艙中，另一半則向外湧去，木蘭花此際若是知道穆秀珍和馬超文兩人就在行李艙中的話，她一定會設法衝進去的，可是她卻不知道，是以在這樣的情形下，她只想先脫身再說。

她冒著濃煙，向外衝了出去。

當她衝到機艙門口的時候，突然有人遞了一樣東西給她，木蘭花伸手接住，原來那是一個防毒面具，顯然在濃煙之中，對方將她當作自己人了。

木蘭花接過了面具，卻陡地一橫肘向那人撞了過去，那人發出了一聲悶哼，跌了下去，木蘭花的身子一縱，也跳了下去。

那時，飛機的周圍濃煙密佈，已亂成了一團，木蘭花一落地之後，便在機腹下面穿過向外奔去。

四面八方都有人向飛機奔來，在場的新聞記者趁機大拍其照，由於木蘭花穿著機場員工的衣服，是以並沒有人攔阻她，她很快就到了候機室的大廳中，轉了一轉，到了強迫那司機脫下制服的地方，那司機正十分焦急地等著。

木蘭花匆匆地脫下了制服，拋給那司機一疊鈔票，她一面向外走去，一面整理著頭髮和衣服，等到她又出現在機場大廳中的時候，她看來又是個中年婦人了。

機場中還在亂著，木蘭花出了機場，召了一輛的士，直赴海灘酒店。

海灘酒店是第一流的大酒店，她早已知道「印度藩王」是下榻海灘酒店的，所以她在來的時候，也在酒店中訂了房間。

木蘭花沒有心思去欣賞整潔的街道和美麗的風景，她只是思索著，自己和那「印度藩王」見面時，應該採取什麼樣的方法。

半小時後，的士在海灘酒店的大門口停了下來，為了歡迎這位「高貴的印度貴賓」，酒店的門口滿是印度式的裝飾。

印度服裝的僕從正在忙碌地走動著，顯然他們都得到了機場上有人搗亂藩王座機的消息，所以顯得相當不安。

木蘭花故意地向其中一人撞了一下，她抬起頭來，那「印度人」忙道：「對不起，夫人！」

在近距離下，再精巧的化裝也避不過木蘭花銳利的眼睛，木蘭花立時看出那是一個歐洲人化裝的，只不過木蘭花也不禁佩服他們化裝工作的神妙。

「印度藩王」包下了十六樓全層的房間，木蘭花的房間在十七樓，木蘭花到了房間後，先放了小行李箱，打開箱子，取出一具儀器來。

她揭開地氈，將儀器上一具如同醫生聽診器也似的東西，按在地板上，然後開動了一具答錄機也似的儀器，一盤極薄的，超級的錄音帶經過錄音磁頭，緩緩地轉動著。

這是最新型的偷聽儀器，那個如同醫生聽診器也似的東西，是這具儀器的靈魂——攝聲盤，它有著一組極薄的薄膜，輕微到耳朵完全不能聽到的聲音，便能使這幾層薄膜引起一連串的震盪，這種震盪傳到了錄音帶上，再通過一連串的音波擴大設置，微不可聞的聲音便變得清晰可聞了。

這種儀器還可以通過無線電傳音設備，將聲音傳到數里之外去，但木蘭花如今是不需要這樣子的，她在錄音帶開始轉動之際，又按下了控制收聽設備的掣，在小巧而完美的喇叭中，立時傳出了一個低沉的聲音來，道：

「可有進一步的消息麼？那人得到了什麼？」

「沒有，據報告說，那人恰好是在企圖打開行李艙的門時被發現的，機場守衛一上來就小題大做，拋出了催淚彈，反倒被他逃走了，我看，大概這人真以為我們是印度土王，想來找一點油水的。」

「別太天真了！」那沉低的聲音又道：「機師的報告中，那人說了一句『賊喊捉賊』！你想想，這又是什麼意思？H市的報告怎樣？」

「木蘭花似乎遵守諾言，正在家中。」

「通知H市方面的人加強注意，我們絕不可大驚小怪，那人若是有為而來，一定會再來找我們的！」仍那是個低沉的聲音。

木蘭花聽了，暗暗地點了點頭，那低沉的聲音雖然明知有變故，但是卻仍然十分鎮定，那正是一個傑出的首領起碼的條件。

「再通知酒店方面，所有新聞記者一律不見，要見我們的，可在晚餐時間到酒店餐廳去。」

「是，那一男一女兩個人──」一個聲音問著，可是那聲音還未曾講完，便被那低沉的聲音打斷，道：「別再說了，別忘了現代偷聽儀器的進步已到了什麼程度，即使完全沒有外人，也要講印度話，明白了麼？紅衫俱樂部從來也沒有失過手，更不能在我勃列斯登的手中來丟人！」

「是！」至少有三四個人一齊答應著，接著便靜了下來。

等到再有聲音時，講的便全是印度話，木蘭花可以聽得懂五六成，講的全是些預先編好的話。

木蘭花關上了偷聽儀，她呆呆地坐著，對方的精明使她吃驚。如果不是她在機場那一鬧，如果她遲到了幾分鐘，那她是一定聽不到那段精彩的對白了。

而那段對白卻告訴了她許多事：第一，她的敵人是「紅衫俱樂部」，大名鼎鼎的歐洲犯罪組織，而且還是第二號頭子「那不勒斯狐狸」勃列斯登親自出馬的。

這使事情變得十分棘手，勃列斯登是一個足智多謀的人物，絕非一般只知行事凶狠，只知自大狂妄的匪徒所能夠相比擬的！

木蘭花深深地吸了一口氣，到陽臺去。下面，是繁華的大街，向遠眺去，可以看到美麗的海灘，在海灘附近，全是流線型建築的豪華酒店。

木蘭花倚在陽臺欄杆上，向下望去，下一層的陽臺上，正坐著兩個「印度人」，用望遠鏡向下面望著，他們的任務十分明顯，便是監視進出酒店的可疑人物。

木蘭花想再通過落地窗去看下一層房間內部的情形，但是窗簾卻拉著。

窗簾拉著，對她有好處也有壞處，壞處是她看不到房間中的情形，好處是她在陽臺上的行動，房間中的人暫時也不能發覺！

木蘭花退回房中，她取出了一只玻璃纖維做成的面具戴在臉上。玻璃是最脆弱的東西，但是當玻璃在高熱之下，拉成比頭髮還細許多的細絲，再搓織成為一股股的時候，卻又是最堅韌的東西，大型起重機的吊索，大拖輪的纜索，最理想的便是玻璃纖維所搓成的繩子。

木蘭花的玻璃纖維面具，薄得只有半公釐，柔軟，如肉色，戴在面上，和她臉部各部分十分貼合，比化裝來得快捷簡易，但是卻具有任何精巧化裝所沒有的一項好處——它能保護臉部，即使有利刃劃了上來，也難以割得開這只面具。

木蘭花在戴上這具面具之後，她看來成了一個面目黝黑的女子，臉型和她的真面目是全然不同的，然後，她再蒙上了一條黃絲巾。

為了穆秀珍的安全，她穿上了平時最討厭的黃色輕便衣，藉此掩飾自己的真正身分，當然是為了向對方表示遵守諾言，那麼對方就不會難為穆秀珍了。

她又回到了陽臺上，那兩個「印度人」還在，木蘭花取了一股飛索在手，突然一拋，「錚」地一聲，飛索頂端的鉤子碰到了下一層陽臺的欄杆。那兩個「印度人」立時抬起頭來，木蘭花一抖手，鉤子迅速無比地在兩人的臉上碰了一下。

那兩人的面上露出極其駭然的神色，一時之間，他們竟顧不得叫喚，連忙伸手向額上摸去，可是他們的手還未曾碰到他們自己的額角，身子一軟，便倒在陽臺之上不動了。

木蘭花拉起了飛索，在飛索的鉤子上，取下了一枚細小的尖針來，小心地放入了她的髮箍之中。

在這枚小針上，有著南美洲特產「睡覺的妖魔花」的液汁濃縮劑，那是一種成分還未為人所知的超級麻醉劑，一和人的血液相接觸，它的麻醉力量可以使人在兩秒鐘之內，人事不省。但是昏迷的時間卻不長，只不過兩分鐘左右就會醒轉過來。

對於木蘭花來說，兩分鐘的時間已經足夠了，她將飛索的鉤子掛在十七層陽臺的欄杆上，將飛索再度拋下，沿著飛索，只用了二十秒鐘，便到了下一層的陽臺上。她拉下了飛索，繫在腰際，輕輕地推開了門。

玻璃門內，便是厚厚的一層窗簾，她才將門拉開，還未曾掀動窗簾，只聽得室內那低沉的聲音道：「有記者來了麼？快擋他們回去！」講的居然是印度話。

木蘭花拉開了窗簾，室內的光線十分柔和，佈置也極是豪華。

一個作印度藩王打扮的胖子正坐在一張安樂椅中，一個印度女郎（那可能是真的印度女郎），正在為他肥短的手修指甲。

木蘭花現身時，那胖子是背對著她的，可是那個修甲的印度女郎卻看到了木蘭花，她猛地一震，手中的修甲刀跌到了地上。

那胖子在那印度女郎的驚駭神情上，也看出了不對頭來，然而，還不等他轉過頭來，木蘭花早已在厚厚的地毯上悄沒聲地掠過，到了他的身後。

「勃列斯登先生。」木蘭花手中的槍在胖腦袋後指了一指。

冰冷的槍管碰到肌膚的感覺顯然十分不好受，勃列斯登的胖頭縮了一下，但是他卻用印度話叫道：「這是什麼把戲。」

「把戲已經拆穿了，先生，你不是印度人，可要我弄去你臉上的化裝麼？」木蘭花冷冷地說。

「砰」地一聲，套房的門被打開，兩個「印度人」衝了出來，木蘭花認得其中一個正是刀疤臉。木蘭花用美國口音的英語道：「你們退回去，我和勃列斯登先生有一些話要說。」

刀疤臉還在遲疑，勃列斯登已揮了揮手道：「看來我們的美國客人要賺些外快，你們退回去。班姬，怎麼啦，你繼續為我修指甲。」

刀疤臉和另一個人勉強退了開去，那個叫作班姬的印度女郎，又拾起了修甲刀來，可是臉上的神色卻仍不免十分慌張。

也就在這時，玻璃門被打開，陽臺上的兩人已然清醒，驚惶失措地衝了進來，他們一看到眼前的情形，也不禁呆住了。

「你們進房間去，不必大驚小怪。」勃列斯登仍然十分安詳地說，那兩個人神色張惶地退了開去。「好了，美國朋友，你要多少？」

「很多，勃列斯登，我要一個人。」

「一個人？哈哈，這倒為難了，你要什麼人？」

「馬超文，H市千萬富翁的次子。」

「哦，小姐，我相信你一定弄錯了，我不認識這個人，而且，我們也正在做買賣，在做買賣的時候，我們不會帶外人的。」勃列斯登賴了個乾乾淨淨。

「勃列斯登，你不必圖賴了，馬超文在你手中，是你在H市殺了人之後攜來的，如果你不將他放出來，那你就什麼都完了。」

「嗯……這個……看來你調查得十分清楚。」勃列斯登拉下了頭上的包巾，露出他微禿的頭頂，伸手在禿頂上拍著，像是在考慮著該如何回答。

然而，突然之間，只聽得「啪」地一聲，他手指上所戴的一只大型紅寶石戒指突然爆了開來，一股濃煙向上疾冒了起來。

木蘭花連忙一側頭，勃列斯登雙足在地上用力一蹬，這一蹬力道十分大，連人帶椅一齊翻了過來，別看勃列斯登的身軀臃腫，但是他的動作卻靈活得像老鼠一樣。

他才一翻了過來，便一頭撞向木蘭花的手腕，木蘭花手起槍落，一槍敲了下去，可是當手槍和他微禿腦袋相碰之際，卻發出了「錚」地一聲響來，勃列斯登的禿微腦袋原來竟是假的。

木蘭花這才知道何以自己用槍對準了他的腦袋，他也敢猝然反抗的原因，多半那層金屬的假腦殼還是可以防彈的！

木蘭花一敲沒有起作用，勃列斯登自下而上，向木蘭花當胸擊出了一拳，木蘭花的右手猛地向下一壓，壓住了勃列斯登擊上來的一拳，左手已勾住了勃列斯登的頭頸，向外一揮，勃列斯登登的身子陡地翻了出去，她身形一閃，退到了通向陽臺的玻璃門前，她已經準備退卻了。

但是，那印度女郎卻攔住了她的去路，用一柄小巧的手槍指著她。

木蘭花猛地一退，向側退出了一步，用力一拉窗簾，一整幅窗簾跌了下來，將那印度女郎罩住，木蘭花連忙衝向前去，跳出了玻璃門，到了陽臺上，她的飛索還在，她連忙攀援而上。

可是，當她進了自己的房間後，不禁呆住了。

在她的房間中，有四個神情十分嚴肅的男子，一見她進來，便一齊站了起來，道：「小姐，你被捕了，警方要你解釋你行動的目的。」

木蘭花呆了一呆，才笑道：「那印度藩王是假的，他們非法拘留了兩個人，既然警方已知道了這件事，那麼正好由警方來處理這件事情好了。」

那四個警方人員互望了一眼，一個道：「假的？小姐，你想像力未免太豐富了，印度總領事在今晚要開招待會，難道這位總領事也是假的？」

另一個人更笑道：「我們接到線報，紅衫俱樂部要向印度藩王下手，你就是這個著名犯罪集團中的一員了，是不是？」

還有一個道：「從來不失手的紅衫俱樂部。居然也失手了。」

最後一個低呼一聲：「夏威夷警察萬歲。」

木蘭花呆了好一會，才知道自己要在這裡向這些人解釋是沒有可能的事了；同時，她更佩服勃列斯登的行事，他自己是紅衫俱樂部的頭子，假扮了印度藩王，可是他卻向警方發出消息，說是紅衫俱樂部的人要打他的主意！他「印度藩王」的身分因此一來便像是真的一樣了。

「你們快下去看看，或者還可以發現真相如何。」木蘭花存著一線希望。

就在這時，房門被推了開來，又一條大漢走了進來，道：「殿下未曾受驚，他對我們迅速捉到了賊人表示滿意，在今晚的晚宴上，他會向局長提出對我們的褒獎的。」

那四個人回過頭來，道：「我想，小姐，咱們不必再下去看了吧。」

木蘭花攤了攤雙手道：「好吧，飯桶先生。」

那五個大漢收拾了木蘭花的小行李箱，擁著木蘭花直向警局而去。

木蘭花什麼也不要求，只要求和H市的警局通一個電話。

她的要求被接納了，她被當作要犯，關在一間十分舒服的小拘留室中。

木蘭花在這間拘留室中舒服地睡了一覺，第二天一早，木蘭花算來，她被拘留已經十二個小時了，有人打開了拘留所的門。

木蘭花抬起頭來，她首先看到那四個大漢神色尷尬，不知所措，而推開了那四個大漢，一步跨進來的，不是別人，正是高翔。

「蘭花！」高翔叫道：「誤會已冰釋了。」

「印度藩王走了沒有？」木蘭花急急地問。

高翔回過頭去，一個大漢沮喪地道：「走了，是提前走的。」

「咦，」木蘭花嘆了口氣：「他們下一站是什麼地方？」

「據說他們不停留，直飛南美委內瑞拉的首都。」

「我們失敗了！」木蘭花簡單地說：「不過還未曾徹底失敗，我們立時趕往委京去。」

高翔又轉過頭去看那四個人。

那四個人狼狽地道：「一切都儘快準備，夏威夷警方願意提供一切方便，作為向木蘭花小姐道歉。」

「那倒不必客氣了。」木蘭花笑了笑，想起昨天四人中的一個竟高叫「夏威夷警察萬歲」，她實是不能不笑。「我要一架高速噴射機。」

「木蘭花小姐對噴射機——」

「我可以駕駛，如果你有的話那最好了。」

「我們可向軍方商借，兩位可要別的幫手？」

木蘭花和高翔互望了一眼，道：「不要了，我們兩人就是很好的搭檔。」

這時，一個五十上下，面目莊嚴的人走了進來，那四個大漢立時立正行禮。

那人來到木蘭花的面前，道：「這實在太不好意思了，我和貴市的方局長是好朋友，這從哪兒說起？」

「不必再提了，如果和高先生此去能夠制服紅衫俱樂部中第二號頭子的話，我一定設法將他帶回這裡來服刑，將這作為你們的功勞。」木蘭花微笑著說。

幾個人一齊紅了臉，道：「我們怎麼有資格接受這個殊榮呢？」

「不必客氣了，」高翔道：「木蘭花小姐是一向不居功的，而且，你們的確也給了我們幫助。」

那最後進來的一人，便是當地警方的負責人，這次的行動也十分快，不到兩小時，和軍方的聯絡已然辦妥，一艘小快艇將木蘭花和高翔兩人送到了一艘航空母艦上，一架J-2型的小型噴射戰鬥機已經準備妥當，並且軍方和沿途的軍事基地也都聯絡好了，隨時可以去加燃料。如果不是夏威夷警方大力促成，木蘭花和高翔兩人是無法做到這一點的。

兩人登上了這架噴射機，由高翔坐在駕駛位上，噴射機是由航空母艦上一種特殊的裝置彈出去的，當噴射機呼嘯著直衝向半空的時候，高翔打開了無線電通話器，收聽著航行指點。

高翔有著駕駛噴射機的經驗。但是這條航線卻還是第一次飛行。對一個第一次飛行一條航線的人來說，看來遼潤的天空，實際上比一條擁擠的馬路更來得危險得多。

他們採取最高的高度，向下看去，海洋平靜得就像一塊藍色的玉一樣。

他們又沿途詢問「印度藩王」座機的消息，知道勃列斯登正在委內瑞拉途中，有時，他們與之距離還十分接近。

木蘭花這時已可以肯定，在夏威夷的時候，馬超文和穆秀珍兩人是在飛機中了，她為了未能將兩人及時救出來十分懊喪。她計畫到可以比勃列斯登先一步趕到委內瑞拉的首都卡拉卡斯，和當地的警方取得聯絡，那麼勃列斯登一到，就是末日了。

可是，當他們的飛機飛到了巴拿馬的時候，卻遇到了絕對不適宜小型噴射機飛行的惡劣天氣。據天文臺報告，上空正有十數個小氣囊在浮游。大型飛機可以輕而易舉地衝破這些小氣囊。然而這些小氣囊卻有足夠的力量將小飛機捲走。

巴拿馬美軍基地的軍官，為了保證他們的安全，派出了八個衛兵看守飛機，使得高翔和木蘭花兩人不得不在巴拿馬住了一夜。

而他們收聽卡拉卡斯方面的廣播：「印度藩王」為了尊敬南美洲的雷電之神，已經帶著隨從，租定了飛機，出發到利馬高原去了。

因為據當地的民間傳說，雷電之神，正是在利馬高原上居住的。

當木蘭花和高翔兩人聽到這個消息時，只有相對苦笑！勃列斯登在夏威夷稍覺不妙，便立時改變主意，由此可知這人是何等機智！

8 鑽石真相

他們兩人一直等到第二天，氣象臺報告空中小氣囊已經消失了，才飛向卡拉卡斯，從巴拿馬到卡拉卡斯，只不過是一小時的航程。

卡拉卡斯是包圍在群山之中的一個城市，如果說它是世界上最美麗的城市之一，那是並不過分的，委內瑞拉是盛產石油的國家，十分富足，在卡拉卡斯，到處可以見到盛裝的印地安人，世界上一切紛爭，似乎都和這個恬靜的城市無關。

木蘭花和高翔才一停在卡拉卡斯的機場上，由於他們所駕駛的是軍用飛機，美國使館的武官已經在機場迎迓，武官是帶著駕駛員來的，準備將這架飛機飛回夏威夷去。

可是木蘭花卻笑了笑，道：「武官先生，我們還要用這架飛機飛到利馬高原去。」

「利馬高原？你瘋了？」那駕駛員怪叫：「你將它降落在什麼地方？」

「高原上，我想可以有地方降落的。」木蘭花平靜地說著。

「做夢，絕不可能的事，普通飛機能不能在高原上降落還是疑問，這次印度藩王的三架飛機本來是準備在高原上降落的，但如今——」

「如今怎麼樣？」

「因為找不到降落的地點，所以放棄了原來的主意，要攀山上去。」那駕駛員說：「如果你們不想攀登千呎的峭壁，直升機是最理想的。」

「直升機要飛多少時候？」

「從卡拉卡斯到高原是四百三十英哩，直升機以每小時五十英哩的時速，大約九個小時就可以飛到了。」

「不，那太慢了，噴射機在一小時之內可以到達，我們要趕到他們的前面。」

武官和那駕駛員是獲得夏威夷方面的通知，說他們兩人是負責和夏威夷名譽有關的秘密任務，並不知道他們真正的目的，所以也難以勸說。

「瘋子的想法，」那駕駛員搖著頭，道：「這始終是瘋子的想法！」

那武官苦笑道：「看來兩位要創造航空的奇蹟了，祝兩位成功。」

木蘭花和高翔一等技師檢查好了機件，立時又登機出發。

半小時之後，他們便看到了奧梭諾可河，河水滾滾地流著，十分湍急，灌溉著兩岸碧綠的平原。

再向前飛去，便已經到了高原地帶了，向下看去，全是荒蕪砂磧地，間或有一小塊碧綠洲和許多土人部落的房屋，都是十分簡陋。

五分鐘後，他們看到利馬高原了！

在高空中看來，利馬高原就像是一隻奇大無比的石鼓，被安放在大地上。高原的上部籠罩在霧中，看不真切，從雲霧中瀉下來的瀑布，在陽光的照耀下，如同無數條發光的帶子。

峭壁是陡上陡下的，極難攀援，如果他們能在高原上找到降落地點的話，那一定可以趕在勃列斯登的前面。然而，能不能在這個充滿了神秘傳說的高原頂上找到噴射機降落的地點呢？

稍有航空常識的人都知道，噴射機降落絕不是簡單的事情，因為噴射機的速度，即使降至最低，也在螺旋槳飛機之上，而如果沒有一條平而長的跑道的話，那簡直是不可思議的。

在航空母艦上降落的飛機，失事率特別高，便是這個原因，在神秘高原上，這架飛機可能降落麼？

高翔和木蘭花兩人心中都存著同樣的疑問。兩人都默不作聲。

在漸漸接近高原的時候，高翔將駕駛的工作移交給了木蘭花。

木蘭花將飛機的飛行速度減至最低，在噴射機而言，這種速度，是早已低過標準的「危險速度」的，因此駕駛室內的幾盞警告紅燈不斷地閃著光，並且發出「嘟嘟」的聲音。

木蘭花並不理會那些警告，她只是堅定地抓住了駕駛盤，坐在她旁邊的高翔，望著那些小紅燈，額上不斷地出著冷汗。

在接近高原的時候，飛機陡地向下降了數百呎，離高原大約只有四百呎左右，向下看去，只見高原的頂上鬱鬱蒼蒼，一片綠色，幾乎全是熱帶植物的世界。在靠近西南的角落上，似乎有人在向峭壁之上攀拔，要登上高原。

「用望遠鏡觀察。」木蘭花下著簡單的命令。

高翔連忙轉動望遠儀器，湊上眼去，他看到了水花飛濺的大瀑布，看到了嶙峋嵯峨的岩石，最後，他看到了正在半山腰還在向上攀援的那一行人。

那一行人大約有十名，為首的是一個印地安土著，那當然是嚮導，後面的，則是三個面目黝黑的「印度人」，再後面，一個身形苗條的少女扶著一個英俊瘦削的年輕人，在向上攀登著。

「秀珍！秀珍！」高翔不由自主大叫起來。

穆秀珍當然聽不到他的叫喚，穆秀珍非但聽不到他的叫喚，而且連噴射機的聲音也未曾聽到，那是因為附近瀑布的聲音實在太響了，那大瀑布足有半英哩寬，水聲震耳欲聾，連對面開槍都聽不到。

木蘭花駕駛著飛機盤旋了兩轉，才向前飛去，很快地便飛越過整個高原，可是在高原上，連要找一個直升機降落的地點都是難事。

木蘭花來回飛了兩遍，高翔苦笑道：「蘭花，我們要返回卡拉卡斯了！」

木蘭花不出聲，她使飛機升高，到了離高原八百呎的高空才道：「高翔，這是軍機，是有著駕駛員、副駕駛員逃生系統的。」

「是，只消按鈕，你和我便可以從機艙中向外直彈出去。」

「降落傘呢？快準備。」

「可是那飛機——」

「飛機？只好讓它撞毀在高原上了，我想夏威夷警方一定會賠償的——如果捉到了勃列斯登，他們一定十分樂意賠償。」

高翔嘆了一口氣，木蘭花的外表是一個十分纖弱的女子，但是她的意志卻像鋼鐵一樣的堅硬。

高翔先幫木蘭花扣上了降落設備，再替自己扣上。

木蘭花將飛機降低，她從儀器上觀察到了風向是西北偏北，她飛到三百呎時，叫道：「按！」

高翔的手早已放在逃生掣上，木蘭花一叫，他便用力按了下去。

木蘭花和高翔兩人在百分之一秒內，以每秒鐘一百六十公尺速度被拋向空中！

這樣的高速，兩人又完全暴露在空氣之中，在人體四周圍流過的空氣形成一股極大的力量，使得人連氣也透不過來。

那種情形，和潛在海水中，突然間向水面上升的情形相仿，如果體格稍差或是心臟不健全的人，是立時會死亡的。

即使是木蘭花和高翔那樣受過嚴格東方武術訓練的人，也感到了一陣昏眩！

東方武術的特點，是使習武的人能適應各種艱難困苦的環境，如果不是訓練有素，他們兩人一定早在半空中便昏過去了。

但他們兩人如今卻能苦苦地支撐著，當他們被彈高約莫兩百公尺的時候，他們聽到那架失去了控制的噴射機，以一種可怕之極的聲音撞毀在高原上。

當噴射機撞毀之際，室氣也受了極大的震盪，使得他們兩人在半空中又被拋出了十來碼，兩人是同時拉開降落傘的。

由於木蘭花早已算好了風向，所以當降落傘拉開之後，他們便順著風向，向預定的地點緩緩地飄了過去。

十五分鐘後，高翔首先著陸。他從靴桶中抽出了一柄呎許長短的利刃來，在雙足還未著落之際便揮動利刃，將地上的荊棘砍去，砍出了一平方碼的空地來，以供著落。

那種荊棘不但有著如同鋼鐵一樣的尖刺，而且被砍斷之後，冒著一股黑褐色的液汁來，充滿了惡臭，令人一聞便自作嘔，高翔忍著那股難聞的氣味，落在荊棘叢中，他看到木蘭花也著落了，只在離他十來碼處。

木蘭花才一著地，便突然發出了一聲驚呼！

高翔不顧一切地衝出荊棘叢，向前奔去，他的衣服被荊棘的利刺鉤破了，他手背上的皮膚，被荊棘的尖刺劃出了幾道傷痕，那幾道傷痕立時紅腫了起來，像是有人狠狠地鞭打過他一樣。

高翔衝出了荊棘叢，看到了木蘭花正在掙扎著——在和一株極其巨大，形狀和龍舌蘭差不多的植物掙扎，那可怖的植物呈現著一種帶著妖氣的深綠色，這時，它肥厚生有吸盤的葉子正在扭曲，有兩條已搭在木蘭花的肩頭上，那是最可怕的熱帶吃人植物！

高翔倒抽了一口冷氣，跳上前去，用利刃砍斷了兩片已搭在木蘭花肩頭上的葉子，那植物其他的葉子一起縮了回去，在葉子收縮的時候，發出一種尖銳的類似鬼叫也似的聲音來，令人毛髮直豎！

木蘭花迅速地向前踏出了兩步，擺脫了那兩片斷葉，和高翔並肩而立，兩人緩緩地向四面望去。

他們都是天不怕地不怕的人，但是在如今這樣的情形下，卻也感到了一股寒意，像是已經離開了地球，到達了另一個星球中一樣。

他們發現自己正處在一個不可知的，隱伏了無數難以預測的危機的環境中。

在他們的四周圍，乃是各種各樣的熱帶植物，他們目力所及之處，那種巨大的吃人蘭，便有七八棵之多，有許多植物，他們根本從來也未曾見過，它們都有著肥大的厚葉，和近乎魔幻也似的顏色，有的還閃耀著點點燐光。

在一株大樹上，他們看到幾條又長又粗的毒蛇，用尾尖鉤住了樹枝倒掛著，五色斑斕的毒蜥蜴，則就在三呎之外，向他們伸出舌頭，而不知道還有多少死亡的陷阱，隱伏在看不見的所在，等著他們跌下去！

那是一個從來也沒有人到過的地方，盤踞在這個地方的全是世上所罕見的動植物，步步都有可能發生危險，一朵美麗的小花就可能致人於死地！

如果木蘭花和高翔兩人是陷在一群匪徒的包圍之中，他們是一定昂然無所懼，可是這時的情形卻大不相同。

兩人肩並肩地站了好一會，木蘭花才吸了一口氣，道：「我們該動身了，要在勃列斯登攀上高原的時候，便給他來一個措手不及。」

高翔點了點頭，向前看去，前面全是茂茂密密的各種怪植物，他道：「我來開路！」

他手中的利刃刷地揮出，兩條紅色的毒蠑螈便已斷成了兩截，他不斷地揮動著利刃，總算使人可以向前走去。

木蘭花早已辨明了方向，向著勃列斯登那一夥人登山的地方走去，一小時後，他們看到了那架噴射機。

噴射機恰好落在一個泥沼之中，只有尾部露在泥沼之外，有十幾尾長吻鱷正揚起牠們滿是利齒的長吻，在好奇地看著機尾。

兩人小心地繞過了泥沼，穿過一大片又密又高的荊棘叢，然而，植物突然不見了，到處全是尖禿的岩石。

是那一大叢荊棘阻擋了植物的蔓延，還是其他的原因呢？兩人都不知道，在這個神秘的高原上，一切全是不可知的，因為這裡是人類知識的空白點。

在嶙峋嵯峨的怪石上行走雖然不容易，但比起要披荊斬棘來，總好得多了，而且各種毒蟲毒蛇也少了許多，不一會，他們便看到了一道小溪，小溪的水其實一定是從沼澤處流出來的，但這時候，溪水在山石間彎彎曲曲地流著，卻比水晶還要清澈。

越是向前走，溪水便越多，有的地方因為地勢突然低了下去，已匯成了小的瀑布。

終於，他們來到懸崖邊上了，兩人向下看去，看到勃列斯登一行七八人正在離高原頂上六十餘碼處，吃力地向上攀登著，隱隱可以聽見勃列斯登嘶啞的號叫聲，顯然他為了一停不停地攀上利馬高原，已經將氣力用得差不多了！

在這樣的情形下，木蘭花和高翔兩人互望了一眼，感到自己是占了上風。

高翔輕輕地拍了拍身邊的一塊大石，那塊至少有兩噸重的岩石，和峭壁之間，有著一道十分明顯的裂縫，而瀑布雖然不在這裡竄下，水流卻是見縫就鑽，被水流潤濕的石縫一定是十分鬆動的。

木蘭花和高翔兩人都知道，這塊大石只消輕輕一推，就可以滾下去，而大石滾下，勃列斯登那一夥人自然是毫無生路可言的了。

如果不是穆秀珍和馬超文兩人也和匪徒一起的話，那麼高翔一定伸手將這塊大石推下去了，可是如今卻是不能！

有什麼辦法可以令得穆秀珍離開些，或是快些爬上來呢？

高翔望著木蘭花，又指著那塊大石，再向下面那些人呶了呶嘴。木蘭花明白了他的意思，她從衣袋中取出了十分小的一截鋁管來，只不過半吋長，含在她的口中。

那一小截平凡的鋁管，一含到了木蘭花的口中，木蘭花的口中便突然發出一連串婉轉清脆，十分有節奏的鳥鳴聲來。

這本來不是一件什麼出奇的事情，鄉下的小孩子誰都會在口中含著麥枝，模仿著各種各樣的鳥鳴聲的，但是木蘭花卻學得十分維妙維肖，而且不光是鳥鳴聲，如果用心傾聽的話，可以在那種悅耳的鳥鳴聲中分出聲音的長短高低來。更用心一點的話，還可以聽出這種長短高低是有規律的，那是一種密碼暗語。

當木蘭花藉著鳥鳴聲發出這種密碼暗語的時候，穆秀珍在峭壁上扶著馬超文向上攀著。

不知道有多少次，穆秀珍想要不顧一切地和這群匪徒硬幹一場，而她終於忍住了，不是為了怕在她下面的兩個持槍的匪徒，她已經考慮過了，峭壁上的石塊大都因為水的滲入，而變得十分鬆動，她可以蹬下兩塊石頭去，將那兩個手持槍械，監視著她行動的匪徒出其不意地砸死。

但是，馬超文呢？誰來照顧馬超文？

就算砸死了兩個匪徒，勃列斯登方面還有五個人，他們全是有著武器的，自己如果只有一個人的話，當然敢硬拼，但卻也絕無取勝的把握。

何況如今還有一個馬超文！

穆秀珍和馬超文在患難中相識，兩人之間已經建立了極其深厚的友情，而男女之間的友情是十分奇妙的，它會在不知不覺間由友情而躍升為愛情。

穆秀珍的心中甚至還未想到自己在愛著這個有頭腦的，略帶倔強的青年科學家，可是事實上，她已因為馬超文而改變了她一貫的行為作風，她竟不敢盲動，忍住了怒氣，聽憑這些匪徒的吆喝！

匪徒的吆喝聲在轟轟隆隆的瀑布聲中，聽來十分低沉，像是一群瘋狗在吠叫一樣。由於離大瀑布近，所以在石縫中有時也有小泉流出來，向上攀爬的速度十分慢，也十分困難。

穆秀珍用力拉上了馬超文，埋怨地道：「你們上次也是沿這條路線，攀上高原的麼？」

馬超文點點頭道：「是。」

「哼，那時候沒有人攙扶你，你怎麼上得了高原？」

「我們攀了兩天——」馬超文的臉上紅了紅：「並不是一口氣攀上來的，所以不像這次那樣覺得疲倦。」

穆秀珍剛才埋怨馬超文，可是她立即覺得自己說得太過分了，不好意思地笑了笑，向上一指道：「你看，勃列斯登這胖子反倒爬在我們前面了，我們非得追上去不可，要不然可丟人了！」

「你說得是！」

兩人一鼓作氣又向上攀升了五六呎，就在他們來到勃列斯登的身旁，穆秀珍準備譏笑勃列斯登之際，她聽到了木蘭花發出的鳥鳴聲。

那種鳥鳴聲由於十分尖銳的緣故，所以瀑布聲未曾將之完全掩蓋過去，還可以隱隱約約地聽得到。

穆秀珍乍一聽到「鳥鳴聲」還未曾十分在意，還是馬超文先開口，他抬頭向上看了一看，喘著氣道：「快到了，你聽，高原上的鳥鳴也可以聽到了。」

穆秀珍不經意地一聽，就在她一聽之際，她的身子陡地一震，她聽到鳥鳴是密語，而且還正是在叫她的名字：「秀珍！秀珍！」

除了木蘭花之外，是不會有人借鳥鳴聲作為密語的，難道蘭花姐在上面麼？這是可能的麼？

穆秀珍高興得幾乎要哭出來，她抓住了一塊石角，呆呆地不動。

勃列斯登恰好在這個時候轉過頭來看她，他抹了抹額上的汗，冷笑道：「穆小姐，快到了，等你看到那大量鑽石的時候，你就會覺得不虛此行了，快向上攀去吧！」

可是這時候，穆秀珍根本未曾聽到勃列斯登的話，她只是用心地聽著那「鳥鳴聲」，她斷續地聽出木蘭花是在說：「秀珍，離開些，儘量離開些，遠些！」

穆秀珍的心中實在太高興了，她竟叫道：「ＯＫ！」

她的那一下高叫，並未曾引起勃列斯登的懷疑，勃列斯登還只當她是在回答他的話，可是穆秀珍自己卻心虛了起來。

她叫了一聲，連忙住口，向勃列斯登望了一眼。

她的這種神態，引起了勃列斯登的懷疑，同時，勃列斯登也聽到了從上面傳下來的那種「鳥鳴聲」。

如果勃列斯登是一個蠢人的話，那麼他也不會在「紅衫俱樂部」這樣規模宏大的匪黨組織中擔任第二把交椅的位置了。

他立即覺得事有蹊蹺，因此，在穆秀珍輕輕一碰馬超文，兩人打橫攀出了一呎之際，他已立時驚覺，向上看了一眼。

但是由於木蘭花和高翔兩人隱藏得十分巧妙，所以他看不到上面有人，可是那種鳥鳴聲卻已使他的疑惑達到了頂點。

他冷冷地道：「穆小姐，你到哪裡去？」

「咦，不是攀到高原上去找鑽石麼？」

「除了鑽石，」勃列斯登陰險地笑著：「高原上面，只怕還有些別的東西呢。」

穆秀珍怔了一怔，心中暗道：「這傢伙難道也懂得我們之間的暗語？」她故作不注意，道：「當然有，有毒蛇，有怪獸。」

勃列斯登的心中雖然疑惑，但是他卻也絕想不到木蘭花已經在高原上「恭候」著他了，因為他一直接到報告，都說木蘭花還在H市的家中。

「你不要離開我太遠。」勃列斯登吩咐著。

「秀珍，離他們遠些。遠些！」木蘭花的密語則這樣吩咐著。

穆秀珍和馬超文繼續向外攀去，但是勃列斯登卻已拿出了手槍來，道：「別動，你再要亂動的話，我便不客氣了！」

「這算什麼？你們那麼多人，還怕我們赤手空拳的兩個人麼？」穆秀珍故意調侃著對方。

「嘿嘿，」勃列斯登老奸巨猾，並不受激：「只怕你們不止兩個人吧。」

他狐狸也似狡猾的雙眼，緊緊地盯住了穆秀珍。

果真穆秀珍沉不住氣，她如果不出聲，那麼勃列斯登還不至於想到高原上真的有人接應，但是穆秀珍卻急急分辯道：「沒有，上面沒有人。」

勃列斯登立即知道這是怎麼一回事了，他向下一擺手，其餘的人也停了下來，他們都拿出了武器，對著馬超文和穆秀珍兩人。

在高原上面，高翔聽不到穆秀珍和勃列斯登兩人間的交談，但是他卻看到有兩個人在向旁移去，那自然是穆秀珍和馬超文了。

他握著拳，低聲叫道：「離遠些，離遠一些。」

木蘭花則繼續發出那種藏有密語的「鳥鳴聲」來，可是這時穆秀珍和馬超文兩人已經被勃列斯登用手槍對住了，他們並沒有繼續向外移去。

木蘭花停下了「鳥鳴聲」，苦笑道：「我弄巧成拙了。」

高翔一呆道：「怎麼？被他們發現了麼？」

就在這時候，只聽得「砰」「砰」兩下槍響。

那兩下槍聲的本身並不驚人，但是一大片峭壁上響起的回音卻是極其驚人，回聲像是霹靂一樣，不斷地傳了開去，令得整座峭壁似乎都在岌岌震動。

從槍聲聽來，那兩下是向空發射的空槍，接著，便聽得勃列斯登的聲音傳了上來，道：「在上面的是什麼人，快出聲，不然我們可要不客氣，要下手了。」

木蘭花和高翔兩人都不出聲，若是穆秀珍、馬超文兩人離得匪徒再遠一點就好了，那麼他們將會毫不猶豫地推下那塊大石去，可是如今雙方之間的距離卻是太近了！

「我們居高臨下，不知他有什麼辦法對付我們？」高翔低聲說著。一面留意著下面的動靜。

只見有一個匪徒，拿著一根閃光的金屬筒架在岩石上。

「上面的人再不回答，我們要發彈了！」又是勃列斯登的聲音。

「這是什麼武器？」高翔惶惑的問。

「我也不知道。」木蘭花說：「我們先找一個地方躲起來才說。」

他們身子滾動，躲到一塊大岩石之後。

他們才一躲起，「通」地一聲，一枚手榴彈般大小的炮彈已經直直地飛了上來。但是在飛高了十來碼之後，便即向下落來，當落地之際，發出了一下巨大的爆炸聲！

那一枚榴彈的爆炸威力十分巨大，整座峭壁都為之震動，碎石亂飛，煙硝瀰漫，幸而木蘭花和高翔兩人早已找好了藏身的所在！

他們兩人在爆炸聲慢慢地過去了之後，正想直起身子來時，只聽得穆秀珍帶著哭音的叫喚聲，叫道：「蘭花姐！蘭花姐！」

木蘭花笑了一下叫道：「秀珍，我沒有——」

她一句話未曾講完，又是「通」地一聲，第二枚榴彈又向上飛了上來。

這一枚榴彈落地爆炸的地點，比第一枚離得他們更近。

碎石和濃煙一齊向他們兩人撲來，他們緊緊地伏在地上才能免於損傷，當濃煙漸漸消失，他們抬起頭來的時候，突然被一陣驚心動魄的「格格」聲所吸引，木蘭花首先看到剛才他們準備推下去的那塊大石，這時正在向下跌去！

裂縫在開始的時候，還擴展得十分慢，但是在轉眼間便已經加到了一吋，兩吋，三吋，木蘭花一躍而起，奔向峭壁，她大叫道：「小心，岩石崩裂了，下面的人小心！」

她還未曾奔到那塊大石的前面，只聽得轟隆一聲巨響，那塊重量足在一噸以上的大石，已經向下滾了下去。

峭壁上傳來了慘厲的驚叫聲，那塊大石滾下去的勢子帶動了其他岌岌欲崩的石塊，剎那之間，除了轟隆隆的石塊崩裂聲之外，連驚呼聲也被湮沒而聽不到了。

木蘭花陡地站住了身子，「噢」地叫了一聲，雙手掩住了臉，她的心在不斷地向下沉，猶如滾下峭壁的石塊一樣！

秀珍還在下面，她和匪徒在一起，她要和匪徒一起罹難了，她……木蘭花一想到石崩的可怕，雙腿如同被釘在地上一般。

高翔急速地奔到她的身邊，叫道：「蘭花，蘭花！」

木蘭花並不理他，只是指著前面道：「高翔，你去看她！」

高翔衝到懸崖的邊上，向下看去。他幾乎不相信自己的眼睛，他看到三人攀住了石角，身子還懸掛在峭壁上，而別的匪徒，則已經隨著石塊一起滾下去了。在左首兩個，靠在一起的，是穆秀珍和馬超文，右首的一個胖子是勃列斯登。

勃列斯登一見到上面有人，便殺豬也似地叫了起來：「快拋繩索下來救我，快救命啊！」

高翔轉過頭去向木蘭花叫道：「飛索，快！」

木蘭花一個箭步向前竄去，「呼」地一聲，拋下了飛索，她將飛索拋向穆秀珍和馬超文。

穆秀珍抓住了飛索一端的鉤子，卻交給了馬超文，道：「你先上去。」

「你先上去。」馬超文不肯接。

「別再讓了！」木蘭花在上面大叫：「你們抓住的石角還能堅持多久？」

一言提醒了穆秀珍和馬超文兩人，他們感到那石塊已在鬆動了，穆秀珍伸手拉住了馬超文的手臂，道：「來，我們一齊上去！」

兩人掛在飛索上，高翔和木蘭花兩人用力地拉著，將他們拉了上來。這時，勃列斯登不斷地號叫著：「別忘了我，別忘了我。」

等到穆秀珍和馬超文兩人一齊上了峭壁之後，木蘭花一抖手，又拋出了飛索，拋向勃列斯登，勃列斯登顯然是太心急了，他不等飛索拋到，便縱身來接。

他是個胖子，抓住的石角又十分鬆動，他一縱身，石塊鬆動，他伸出的手離飛索只不過三吋！但是就是那三吋的距離，便判定了一個人的生與死！

勃列斯登帶著一聲又長又淒慘的號叫聲，跌下兩千呎的峭壁去，結束了他罪惡的一生。

死裡逃生的馬超文和穆秀珍兩人呆了好一會，才緩過一口氣來。

穆秀珍道：「蘭花姐，我向你們介紹，他就是馬超文。」

「馬先生，」木蘭花客氣地和馬超文握了握手，道：「秀珍一路上沒給氣你受麼？」

「沒有，沒有！」馬超文連忙說。

可是穆秀珍自己反倒不好意思地笑了起來。

「好了，」高翔舒了舒雙臂：「我們該去看一看那些鑽石了。」

「你老忘不了錢。」穆秀珍笑著。

「當然，我們撞毀了夏威夷警方借給我們的一架飛機，如果找不到錢，那該拿什麼去賠他們？」高翔攤了攤雙手。

馬超文已經跳上了一塊大石，四面張望著，道：「我對這裡有印象，對，向那邊去！」

他向東北方向指了一指，面上現出了極其興奮的神色。

「秀珍，你可得小心，這個高原上充滿了世上罕見的動植物，我估計吃人植物就有十種以上！」高翔指著茂密的神秘高原，警告著穆秀珍。

「我才不怕呢！」穆秀珍一昂頭，拉著馬超文的手便向前走去，木蘭花和高翔兩人望著他們的背影，又互望了一眼，發出了會心的微笑來，高翔還長長地嘆了一口氣。

木蘭花知道高翔嘆氣的意思，她的芳心也有一些撩亂，她向前急步地走了過去，高翔則默默地跟在她的後面。

順著他們剛才砍出來的那條路，穿過了荊棘叢，四人小心翼翼地走著，幾乎每一步都有著死亡陷阱在等著他們，肥大的熱帶植物，十之八九是有毒的，盤踞在藤上的毒蛇，像魔鬼一樣吐著蛇信。

走出了八九十碼，馬超文側耳細聽，他們一起聽到了淙淙的流水聲，馬超文轉過頭來，他興奮得幾乎連話也講不出來了，喘著氣，道：「就在這裡，就在前面，我們找到了世界上最大的天然鑽石的蘊藏地！」

他加快腳步，向前衝去，很快地便來到一條小溪旁邊，一到了那條小溪旁邊，四個人都呆住了。

那是一條普通的小溪，溪水極其清澈，在溪底下，大約是由於沼氣的關係，不斷有水泡串珠也似地向水面上升來，十分好看。可是鑽石呢？所謂鑽石在哪裡呢？

好一會，穆秀珍才最先開口，道：「超文，不在這裡，你弄錯了！」

「不，在這裡！」馬超文急速地辯著：「我當時雖然是在半昏迷的狀態，但這裡的一切，我還是記得十分清楚的，這條小溪中全是鑽石，發著耀目的光華，世上沒有什麼別的東西可以發出這樣奪目的光輝來的，那一定是鑽石！」

馬超文手一直指著前面，突然之間，他像是魔術師一樣，他的話實現了，小溪中充滿了神奇的光輝，耀目生光，像是剎那之間，溪水中便湧滿了鑽石一樣。

四人又是一呆，但他們隨即明白了。

他們一齊回頭看去，太陽正在他們的身後，由於陽光巧妙的角度，使得在小溪中上升的千千萬萬水泡，每一個水泡都發出耀目的光華，不要說馬超文第一次看到這種景象時是在半昏迷的狀態之中，就是現在，四人的神智都十分清醒時，看來也像滿溪鑽石！

四人呆了好一會，穆秀珍才道：「哼，這就是所謂鑽石！」

馬超文神色尷尬，囁嚅難言。

「秀珍，」木蘭花神色莊嚴。「你錯了，這次給我們一個很大的教訓，財富本來是虛幻的，真的鑽石和眼前這些水泡未必有什麼不同，可笑的是，有人為了追尋虛幻的財富，而不惜喪失了生命，我相信你和馬先生都是不虛此行，你們已經找到了比財富更珍貴千百倍的真情，是不是？」

穆秀珍和馬超文互望了一眼，都低下頭去，他們心中咀嚼著木蘭花剛才的話。

太陽光十分強烈，小溪中的光芒看來也更耀目，但穆秀珍和馬超文兩人都覺得，即使是真的一溪鑽石，和相互間的真情，任由他們抉擇，他們也一定選取後者的了。

煞星男爵

1 神秘宴會

春光如畫，從木蘭花的住所望出去，首先可以看到她種在小花園中一簇簇的杜鵑花正在盛開著，和綠茵茵的草地，然後，放眼望去，便是藍色的海洋，平靜如鏡，再加上白色的船帆和翱翔的海鷗，雖然天色陰沉，但誰說這不是一幅極之美麗的圖畫呢？

這時，木蘭花在鋼琴前，正在彈奏著一首十分悠揚的樂曲，陶醉在音樂之中。但是穆秀珍卻支頤倚在窗口，像是滿腹心事。

其實她沒有什麼心事，她只是在等著一個人，那個人自從和她同生共死，共過患難後，幾乎每天都來看她，但今天為什麼還沒有來呢？

她等的人就是馬超文。

她無聊地看著路上來往的汽車，總是不見馬超文來到。

馬超文其實不過遲到三分鐘，可是她卻像是失魂落魂一樣，整個人都不知往哪裡放才好。她看了一會，又重重地坐倒在沙發上。

「秀珍，等郎郎不來，這滋味可不好受吧！」木蘭花停下彈奏著的樂曲，轉過頭來，望著穆秀珍笑說。

「蘭花姐！」穆秀珍大聲叫了起來。

就在她的叫聲中，門鈴響起，穆秀珍一躍而起，衝過院子，拉開了鐵門，一手叉腰，一手指著馬超文，說：「你遲到，遲到是一個人最壞的習慣，所以你是一個大壞蛋，我不睬你了，你回去吧！」

像機關槍一樣，穆秀珍話一講完就轉過身來。

「秀珍，路上車擠，我可是搭巴士來的。」馬超文抹著汗，英俊的臉上充滿了焦急的神色，一面解釋，一面掏出手帕來抹汗。

就在他掏出手帕來的時候，將他衣袋中的一封信連帶拉了出來，那封信落到穆秀珍的腳下，信封的正面剛好朝上，穆秀珍低頭看去，只見上面端端正正地寫著「**木蘭花小姐親啟**」七個字。

穆秀珍呆了一呆，轉過身來，說：「這信是從哪兒來的，嗯？」

「這……是從我的口袋中掉出來的。」

馬超文的心中也十分疑惑：這信究竟是哪裡來的呢？

穆秀珍一俯身，拾起信來，惡狠狠地向馬超文揚著說：「你為什麼要寫信給蘭花姐，你說！」

「這信不是我寫的。」

「你不是說在你的衣袋中掉出來的麼？」

「它是在我的衣袋中，但信不是我寫的！」馬超文提高聲音叫著。

「你為什麼那麼大聲？你大聲我就怕你麼？」穆秀珍擄拳捋臂，看樣子像是想動手打人。

「秀珍，別盡欺負馬先生了！」木蘭花的聲音自她的背後響了起來，穆秀珍陡地轉過身來，將那封信用力地放在木蘭花的手中。

「這是他給你的信！」穆秀珍說著，頭也不回，氣呼呼地走進客廳，坐在沙發上生氣。

木蘭花回頭看了一下，攤了攤手，說：「這孩子在發什麼神經，咦——」她看了那封信上的字，抬起頭來，「這是你給我的信？」

「不，我也不知道這封信怎會在我的衣袋中的。」馬超文伸長了脖子，望望客廳中的穆秀珍。

「噢？」木蘭花心裡感到一些古怪，一封不是馬超文寫的信，卻在馬超文的衣袋裡，而且信又是給自己的，這不是十分古怪的事情麼？

穆秀珍還是在生氣，但木蘭花卻陷入了沉思之中，片刻後，她向馬超文招了招手，說：「你跟我來。」

他們一齊走進客廳，穆秀珍冷笑一聲，轉過頭去，不理會他們。

木蘭花將信放在茶几上，說：「秀珍，你將我特製的那套拆信工具取來。」

「什麼？」穆秀珍立時跳了起來，「這信有古怪？」

「可能是。」

「你——」穆秀珍轉向馬超文，「當真不是你寫的？」

馬超文只是苦笑著，穆秀珍一面向樓上奔去，一面在樓梯上向馬超文飛了一個吻，表示她剛才亂發脾氣的歉意。

木蘭花則用心地研究那封信，但是她並不再用手去觸及它，不一會，穆秀珍便提著一只小箱子下來，木蘭花打開箱子，先取出一瓶無色的液體來，那是反應液，木蘭花將反應液搽在信封上。

如果信封上有毒，毒是酸性的，信封上的反應液就會變藍色：毒是鹼性的，則變紅色。十分鐘，信封仍是白色，這表明沒有毒。

然後，木蘭花揮了揮手，令馬超文和穆秀珍兩人退後些，她自己則戴上一個特製的口罩。

木蘭花記得，有一位行俠仗義的老前輩，就是收到了一封來歷不明的信，他一時大意，就這樣拆了開來，可是在拆開信的時候，一種灑在信紙上，被研成極細的毒粉揚進鼻孔中，因而死去了，所以木蘭花實在不能不小心從事。

她戴上口罩後，才用剪刀剪開信封，用一個小鉗子將信紙鉗了出來，又噴上了反應液，直到肯定沒有毒，才打開信紙來。

信紙上的字寫得非常工整，木蘭花定睛看去，只見一開始便是：

「木蘭花小姐玉鑒：

本俱樂部副主席勃列斯登先生，身逝南美——」

木蘭花只看了一句，心中便吃了一驚，忙抬起頭來，說：「秀珍，你和馬先生到室外去巡視一下，看看有什麼可疑的人在窺視我們，你們裝出在散步的樣子來，不可使人懷疑。」

「什麼事？」穆秀珍急急地問。

「信是紅衫俱樂部寫來的。」

「紅衫俱樂部！」穆秀珍和馬超文也知道事態的嚴重，紅衫俱樂部對於勃列斯登之死，終於不肯表示沉默了！

其實，勃列斯登死在南美洲，完全是他咎由自取的，但是紅衫俱樂部的那些高級犯罪分子卻不肯干休！

「這信上說——」

「等我看完之後，你們進來再看。」木蘭花不等穆秀珍講完，便又揮了揮手。穆秀珍雖然急於想知道這封信的內容，但是她卻更知道事態的嚴重性，所以不再出聲，就和馬超文兩人肩並肩地走出去。

木蘭花繼續向下看去：

「……本俱樂部成員深感哀悼，蓋勃列斯登先生乃當今最偉大的珠寶鑑別家，最巧妙的珠寶轉手者，最具藝術眼光的珠寶仿造者，如今方在英年便爾永逝，能不令人擊桌三嘆乎！」

木蘭花心中暗笑一下，勃列斯登本來是一個珠寶竊賊，信中卻將之稱為「轉手者」，這封信看來是一個中國人所寫的。

木蘭花繼續看下去：

「……但本會會員也因此得一寶貴教訓，此教訓乃是，紅衫俱樂部並非絕無對手者，並非無往而不利，不受挫敗者。小姐等賜予此等寶貴教訓，本俱樂部會員一致認為該致謝忱，經本會第二十三次代表大會決定，邀請小姐及令妹，以及高翔先生，與本會主理部務之十名會員共進晚餐，幸勿以與會人數恰為十三而推卻，席設黑沙灣一號A黑沙別墅，今晚十時，本會會員將在別墅之前恭迎，若三位吝玉不來，則本俱樂部深感失望焉。

紅衫俱樂部啓」

木蘭花一口氣將信看完，閉上了眼睛。

黑沙灣，那是本市郊區一個十分荒僻的地方，由於地勢高，又有一片十分陡峭的峭壁面臨著大海，以多霧而著名，別的地方細雨濛濛之際，那地方就大霧迷漫，也正因為如此，那地方十分冷僻，木蘭花記得偶而郊遊到達，公路上竟有野草，而公路兩旁還發現猴子。

據木蘭花的記憶，似乎黑沙灣沒有什麼別墅，難道有人在開玩笑麼？

這封信如果是有人送來，或是從郵遞寄來，那麼木蘭花或者會這樣想，但是這封信卻是神秘地出現在馬超文的口袋中！

紅衫俱樂部中有神乎其技的扒手，要將一封信放在馬超文的口袋中，那是太容易了，這正是紅衫俱樂部的行事象徵。

木蘭花走到門口，向還在門外漫步的穆秀珍招了招手，穆秀珍連忙摔脫了馬超文的手臂，奔進屋來，她已經等得不耐煩了！

木蘭花站在窗口，天色更陰沉，已經在下著霏霏的細雨，黑沙灣那一帶，一定是濃霧密佈，偏偏選中這個濃霧的天氣，這是為了什麼？

「豈有此理！」穆秀珍突然大叫了起來，她的叫聲打斷了木蘭花的沉思，「這是明目張膽的挑釁，我就不會怕他們！」

「秀珍，還是小心些好。」馬超文勸道。

「呸，你是弱不禁風的書生，知道什麼？」

「書生？在利馬高原上，不是書生拉住你雙手，你在哪裡了？」

「不知羞，救人家一次，就老掛在嘴上！」

「別吵了，」木蘭花坐下來。「打電話給高翔，接通了叫我來聽。」

穆秀珍氣呼呼地去打電話，一連打了幾個，才在一家精密儀器工廠中找到高翔，穆秀珍沒好氣地說：「高翔，你在做什麼，我是秀珍。」

「你好，」高翔的聲音十分愉快，「我正在做一樣東西，送給你們兩人，已經做好了。」

「別做了，有人要請你去參加死亡的宴會哩！」

「什麼？」

木蘭花伸手奪過電話來，說：「高翔，紅衫俱樂部為了勃列斯登的事情，要來找我們麻煩，十個主要會員要請我們吃飯！」

「十個主要會員？不可能，警方一直在留意——」

「算了，他們有各種各樣的身分作掩飾，警方留意是沒有用的，你快來罷，我們一齊來商量一下對策。」木蘭花放下電話。

「蘭花姐，還商量什麼？我們去！不要說他們只有十個人，他們有一百個人，我們就怕他們了麼？哼！」穆秀珍滿臉憤慨。

木蘭花並不出聲，她只是想：紅衫俱樂部的用意何在呢？是想藉這次邀請來害他們？還是藉此來考驗他們的膽量呢？

如果自己竟完全不將邀請當作一回事，不去赴約，那是不是會給對方認為是膽小鬼呢？這一兩年來，木蘭花接觸過不少匪黨，但「紅衫俱樂部」是一個出了名的狡猾盜匪組織，自它成立以來，警方一直不是他們的敵手，它從未也未曾失敗過；木蘭花更從未接受過一個明知和自己敵對的人，但措詞又如此客氣的請客信，這實在要極其小心應付。

穆秀珍則不斷地咕噥著：「這有什麼好考慮的，去！自然去，怕什麼？」

十分鐘後，高翔趕到了。

高翔還穿著技師的工作服，他一進門來，便揚著手中的東西，興高采烈地叫道：「你們看，這就是我送給你們的東西了！」

木蘭花和穆秀珍兩人，一齊向他的手中看去，只見他手中所拿的，只不過是兩個半圓形，有彈性的黑色髮箍，只不過比尋常的髮箍稍為寬上了一點。

「呸！」穆秀珍撇了撇嘴，說：「幾毛錢的東西。」

「嘻！」高翔笑著，「千里送鵝毛，物輕情意重！」

他一面說，一面將髮箍伸到穆秀珍的面前，突然一揚手，「啪」地一聲響，髮箍的一端，彈出一柄鋒利之極，也是半圓形的利刃來。

穆秀珍嚇了一跳，「哇」地叫了一聲。

高翔再一按，將那柄利刃按了下去，抓住髮箍一邊，將髮箍分成兩邊，一邊露出精光閃閃的一列鋸齒來，他順手拿過放在茶几上的一只打火機，只鋸了幾下，便將打火機鋸成了兩段！

「這是目前世上硬度最高的合金鑄成的，四分鐘內可以鋸斷一吋直徑的鐵板！而這邊——」

他揚了揚另一邊，伸手從裡面拉出許多小東西來，包括超小型的近距離（半哩）無線電通話器，超靈敏的爆炸物品檢驗反應儀，和一列六枚小型的煙幕彈，只不過如一枝鋼筆尖那麼大小，和一具六十倍的放大鏡，一具只有小指甲大小的紅外線觀察器，和一小具要瞇起眼來才能觀看的望遠鏡。

穆秀珍每看到一樣，便高叫一聲，歡喜得拍手不已。

「最後，」高翔將兩邊合上，它仍是一只髮箍，說：「它還有一件最主要的用處。」

「什麼用處？」穆秀珍忙問。

「它可以用來箍兩位美麗小姐的頭髮！」

「呸！蘭花姐才是美麗的小姐，我算什麼。」

「一人一個！」高翔將髮箍送給木蘭花和穆秀珍兩人。

「謝謝你。」木蘭花望著高翔，「它花了你多少心血？」

「從南美回來之後就設計，那全是我親手製造的，保證耐用，你打電話來的時候剛做好，新鮮熱辣，剛剛出爐！」

木蘭花沒有說什麼，她不用說話，只是眼中流露出來的那種感激的光輝，已使高翔覺得這兩個多月來的辛苦沒有白費了。

「高翔，」穆秀珍更是興奮，「這東西，今天晚上就可以大派用場了。」

「是啊，死亡宴會是怎麼一回事？」

「你看這封信！」

高翔匆匆地將信看完，「哈哈」笑了起來，說：「這是胡鬧，黑沙灣根本就沒有別墅，一定有什麼人在和我們開玩笑。」

「你別說得太肯定了，你最近到過黑沙灣？」

「蘭花，我最近還沒去過，但是——」

「你別忘了，」木蘭花打斷高翔的話，「我們從南美回來已有兩個多月了，這兩個多月的時間，你能造出那麼精巧的東西來，難道紅衫俱樂部不能夠建造起一座別墅來麼？」

高翔呆了一呆，將手按在電話機上，他撥了郊外的電話，然後接通了黑沙灣警方的崗哨，黑沙灣多霧，地方又冷僻，是以常常被走私分子用來作為走私的據點，警方設有一個設備完善的崗哨，在黑沙灣山頭上，從那個崗哨可以俯視整個黑沙灣。

「喂，利警官麼？黑沙灣最近可是有一所別墅興建？」高翔一接通了電話就問。

「是的，一所十分漂亮的別墅，平時可以望到它，但今天不能，今天的霧太大了，這是唯一的一所別墅，所以它的編號是一號Ａ，它離我們只有五十多碼！」

「它是什麼時候落成的？」

「它建造得非常快，上個月已經開始室內裝修了，聽說是本市幾個富豪用來作為輪流休養之所的，承建的是大利建築公司，我們曾派人去調查過，並沒有發現什麼可疑的地方，建築地盤也完全歡迎我們去看，怎麼，可是有問題麼？」

「你們那裡有多少人？」

「二十四個，包括警官在內，和六條狼犬，八個警員今天休假——」

「取消休假，等候命令。」

「是！」

「暫時沒有什麼了。」高翔放下電話，「蘭花，不出你所料。」

「看你的表情，你是準備去赴約了！」

「我們能不去麼？」

「高翔！」木蘭花緩緩地說：「你看不出這是一個十分危險，經過詳細計畫的陰謀麼？」

「陰謀？我看不出什麼陰謀來。」

「我也看不出，」木蘭花說：「但可以肯定他們決不會就為了請我們吃一頓飯那麼簡單，你說是不是？」

「或者是他們想聯絡我們？你想這所別墅在警方崗哨的射程之內，他們應該知道，我們如果赴約的話，是絕不會毫無準備的，你想，他們敢輕舉妄動麼？」

「我總感到這裡面有著不可知的陰謀，但我們去總是要去的，秀珍，你去問問天文臺，今天入夜後的天氣是怎樣的。」

「是！」

穆秀珍聽得木蘭花說決定要去，早就一躍而起，去打電話，天文臺的回答是繼續陰雨。那就是說，黑沙灣在入夜後，霧將更濃。

他們又商量了一下，由於高翔去準備武器和防彈衣，穆秀珍負責在家接聽電話，木蘭花去查訪別墅建築主人的社會背景。

他們約定晚上八時集齊，而馬超文則在木蘭花的堅決勸告下，放棄參加這次宴會。

2 落入圈套

那一天的時間似乎過得十分快，暮色四合，天色陰霾，細雨一直在下著，八點鐘時，天色已十分黑沉。

高翔帶來三件防彈衣，並且帶了三柄手槍和子彈。

木蘭花忙了一天，她查出別墅是由本市一家大規模洋行的董事長出名申請建築的，這是她以某報記者身分，向這位富豪採訪的結果，那富豪說，別墅是他的一位歐洲朋友渡假用的，他只不過是代辦申請建築手續，以盡朋友之力而已。

至於那位歐洲朋友，據說是金融界的巨頭。

木蘭花也曾訪問過建築公司，大利建築公司是本市有名的一家公司，承建過許多高樓大廈，對於那所別墅，他們有一個很特別的印象，因為圖樣是由客戶交來，客廳的一邊全是摺門，可以完全收起來，以至客廳看來像是一個書房！而且客戶對於用料是否堅固似乎並不重視，只要施工進度快，整座別墅在十八天內就完成了。

木蘭花所瞭解到的，就是這些。

高翔還通知警崗用透霧望遠鏡注意那所別墅，可是接到的報告，都說別墅裡並沒有什麼異動，似乎可以放心前去赴約。

守在家中的穆秀珍，則每隔一個小時，便收到一個操著十分純正英語的人，打電話來催促他們今晚十時準時前去赴約！

從穆秀珍的臉上，木蘭花和高翔兩人都可以看得出，電話打來的時候，穆秀珍一定曾經大聲的罵過對方。

九點正，他們出發，高翔駕著車，車胎在潮濕的柏油路上滾動，發出十分悅耳的「滋滋」聲，從木蘭花的住所到黑沙灣，路程十分遙遠，要穿過整個市區。

雨越下越密，霓虹燈照在路上，映出十分美麗的夢幻色彩來。

九時三十分，車子已經駛出市區，離開市區後，汽車就被黑暗所包圍，眼前黑沉沉地一片，路燈的光芒，衝不破濃漆一樣的黑暗。

「小心些。」木蘭花沉聲吩咐著。

高翔穩穩地駛著車，將車速保持在四十左右。

九時四十五分，車子開始向上爬，公路是以四十五度的傾斜度向上伸延，濃霧開始包圍住車，車頭燈的燈光不能射出五呎之外，高翔開始減低車子的速度。

九時十五分，他看到三盞黃色的霧燈，那是警崗的所在地。

高翔停下車，按下汽車儀表板上的一個按鈕，說：「利警官，我是高翔。」

「別墅中燈火輝煌，人影幢幢，」汽車上傳來利警官的聲音：「但因為霧太濃，透霧鏡也看得不十分清楚，汽車再一個盤旋，就可以到達別墅的門口了。」

「好，如果一聽到槍聲，你就立刻率領所有兄弟，攻進別墅。」高翔下達著命令。

汽車在轉彎後，便看到前面有一團朦朧的光輝，霧濃得在一碼以外就看不見人，這團光輝，自然是燈火通明的黑沙灣別墅了。

高翔將汽車直駛到別墅門口，三個人一起看了看手錶：九點五十八分。

穆秀珍當然高興有這樣刺激的事，但是她心裡也不免十分緊張，高翔按了兩下喇叭，就聽到鐵門打開的聲音，接著，便看到一個人向前迅速走來。

直到那人來到汽車旁邊，三人才看清楚那是一個穿著燕尾晚禮服的胖子，穆秀珍早已掣槍在手，準備那胖子一有異動，便立時開槍。

那胖子在車前站定，吃力地彎下他的大肚子，說：「三位果然賞面，請進來，地方太狹小，三位請勿介意。」

高翔打開車門，一躍而下，他一隻手插在褲袋中，當然是握著槍，木蘭花接著下車，最後下車的是穆秀珍。

穆秀珍揚了揚手中的槍，說：「你帶路。」

那胖子的面上，露出了十分驚駭的神色，說：「不需要武器，完仝不需要武器，只是一餐友善的晚餐，佳餚、美酒，絕不需要武器！」

「秀珍，把槍收起來！」木蘭花冷冷地說。

穆秀珍雖然不願意，但是她還是將槍收了起來，口中卻咕噥著道：「哼，有什麼花樣，你們就可以和勃列斯登見面去了！」

那胖子像是未曾聽到一樣，只是十分殷勤地說：「請，請！」

他自己先向前走去，木蘭花伸手在頭上的髮箍上按了按。

髮箍中的半導體炸藥檢驗儀已開始工作，它放出十分微弱的無線電波，如果在十呎之內有爆炸物的話，那麼無線電波被折射回來，就會發出一種輕微的警告聲來，可是並沒有這種聲音傳來。

他們走進鐵門，看到石階上站著另外兩個人，正在大聲叫道：「歡迎，歡迎，三位果然應約，實在是難得之極！」

木蘭花略停了一停，向前看去。

她才看了一眼，便覺得有些不對頭。

大利建築公司的人，在今天下午告訴她，那別墅的客廳有一面是完全沒有牆的，但這時她所看到的卻不是，她不但看到牆，而且門還十分狹窄。

這是為什麼呢？

木蘭花略呆了一呆，她想不出什麼原因來，而那個胖子已經走上石階，木蘭花也走了上去，站在門口的人一齊讓開，木蘭花跨進燈火輝煌的客廳。

在濃霧中久了，一進入客廳，眼前便陡然一亮，那種特別強烈的光線，使木蘭花心中又為之一動，光線太強烈了。

木蘭花隨即發現，光線之所以強烈，乃是因為這個廳太小的緣故。

那個廳當然不是客廳，勉強只能稱之為飯廳，它大約十呎寬，十五呎長，當中放著一張長形的餐桌，每邊可以坐六個人。

這一張餐桌，幾乎占去了飯廳一大半位置。

高翔和穆秀珍兩人接著走進來，他們也同樣感到這個飯廳太小了，但他們又想到，若是對方要下殺手，那麼地方小的話，只會對紅衫俱樂部自己不利，因為人多地方小的話，在混亂中他們就更容易造成傷亡！

在餐桌旁坐著的七個人，見到他們三人進來，全都站了起來，那胖子走到主位上，說：「三位請坐，不要客氣。」

高翔和木蘭花並排而坐，穆秀珍坐在木蘭花的對面，他們兩人是坐在最貼近那胖子的位置，所有的人都坐定後，那胖子指著他對面空的位置，說：「這是為我們已死去的朋友勃列斯登而設的，希望三位不要見怪。」

在這樣的氣氛下，那胖子的話，聽來使人大有毛髮直豎的感覺，木蘭花淡然一笑，說：「不要緊，讓他的靈魂坐在那裡好了。」

座間一個已屆中年，微微禿頭的中國人站起來，說：「兩位小姐，高先生，會長未能親來，我們是代表他的，請先允許我自我介紹，小姓麥，麥聲同。」

高翔立時抬起眼來，望了木蘭花一眼。

木蘭花仍然淡然地道：「麥先生，久仰了！」

木蘭花說「久仰」，並不是客套，而是真的久仰，麥聲同是南中國赫赫有名的科學家，也是出名的罪犯，他是少數受歐洲犯罪集團聘請的中國科學家，他的殘酷和滅絕人性，也是出名的。

紅衫俱樂部的會員本來就是第一等的罪犯，有麥聲同在內，倒也不怎麼出奇。

「這位是我們俱樂部的常務理事，」麥聲同指著胖子說：「泰維許先生。」

「泰維許先生！」木蘭花冷笑著，說：「你的古董生意怎樣？你賣出了多少幅真跡『蒙娜麗莎的微笑』？」

泰維許是一個藝術鑒賞家，但是他的財富卻來自賣假畫！

其他十個人都被介紹完了，全是臭名昭彰，犯罪手法又極其高超的罪犯。

這時候，木蘭花心中所想到的只有一個問題：「這十個人是如何避開警方的監視，而齊集到本市的呢？他們又為何而來？」

她覺得這是關鍵問題，解決這個關鍵，或許就可以知道「紅衫俱樂部」這十個人請他們來進餐的目的是什麼了。

開始上菜了，上菜的侍者，全是從正門走進來的，彷彿這個小飯廳並沒有別的地方通向廚房，這是十分不合常理的。

木蘭花一面啜著奶油蘑菇雞湯，一面感到了事情的蹊蹺，但她還未進一步思索，坐在主人席位上的那胖子就站起來向外走去，走過穆秀珍的身旁。

就在那一剎間，木蘭花陡地想到問題的癥結，她猛地用手一指，叫道：「秀珍，拉住他！」

穆秀珍陡地一震，一時之間，還不明白木蘭花是什麼意思。

那胖子這時已經走過穆秀珍的椅子，木蘭花抓起一瓶胡椒粉瓶，向前拋了過去。

那瓶胡椒粉瓶並沒有擲中目標，它擲中了什麼，木蘭花無法看清，因為就在這時候，眼前陡地一黑！同時，一陣劇烈的震盪，令得他們三個人如同置身於怒海中的小舟中一樣！

「蘭花姐！」穆秀珍叫著：「究竟發生了什麼事？」

木蘭花無暇回答，她只是一躍而起，四面摸索著，她摸到高翔和穆秀珍，也摸到倒下的椅子和杯碟，以及那張長桌的一邊，長桌已被切了一邊，同時，木蘭花還摸出自己正在一個十分狹小的空間中，那空間大約只有小飯廳的五分之一。

就在那時候，高翔已經按亮了小電筒，三個人看到眼前的情況。如果說他們處身的空間是一間小房間的話，那還不如說這是一個大的鐵箱來得妥當些。

木蘭花已想到這是怎麼一回事了，小飯廳的一端，本來就是一個大鐵箱，但是另一邊卻打開著，他們三人坐在長桌的一端，當那胖子走開時，一塊鐵板蓋下來，就將他們三人關在大鐵箱子中！

這是何等周密的計畫！

木蘭花心中嘆了一口氣！她心中想，她是應該早想到這一點的，但是對方的設計實在太高明，他們十個人一直和自己在一起，使自己以為對方如果有什麼詭計的話，那是一定討不著好處，卻不料當那胖子若無其事地向外走去，看來就像是去取一瓶調味品的時候，危機便發生了！

木蘭花也不是不知機的人，她立即要穆秀珍抓住那胖子，可是已經慢了一步，他們三人終於中了敵人的圈套。

這時，劇烈的震盪還在持續著，穆秀珍失措地睜大眼睛，高翔也顯得十分驚惶。

木蘭花先將高翔送她的髮箍除了下來，說：「你們看，我們並沒有被炸死的危險，而且看來也不準備通電將我們殺死！」

「他們準備怎麼樣？」

「我也不知道。」木蘭花用力的敲擊著四面的牆壁，牆上貼著美麗的牆紙，發出「錚錚」的聲音，穆秀珍撕下牆紙，呈現在她眼前的，全是鋼板！

「我們可以將鋼板鋸開來！」穆秀珍興奮地說，她除下髮箍，拉開了有齒的一面，在鋼板上用力地拉動著，但是鋼板上卻只出現淺淺的鋸痕。

那顯然是硬度極高的合金！

這時候，震盪已停止了，一陣軋軋的機器聲隱隱地傳進他們的耳中。

「開槍，高翔！」木蘭花突然說。

「這鋼板，子彈只怕是穿不透的！」高翔已拔出手槍。

「如果我們在這裡開槍，那崗哨上的警員一定可以聽到。」木蘭花解釋著她要高翔開槍的作用。

「是！」高翔對準一個角落，「砰砰砰」一連開了七槍，將槍中的子彈完全射完。

開槍的聲音，在小空間中聽來震耳欲聾，而子彈在這個小空間中，則以驚人的速度在四面撞擊著，他們三人要十分小心，才不會被子彈撞中。

七下槍聲過去，子彈射中的地方甚至沒有痕跡可尋，那是硬度極高的合金鋼已是毫無疑問的了。

看來這只鋼箱，一定是紅衫俱樂部為引他們進入陷阱而特別訂製的。

槍聲過後，他們等候著崗哨上的警員來援，心境似乎平靜許多。

崗哨中的警官和警員，在高翔一離去後，就一直全神貫注地戒備著，他們記得高翔的吩咐，槍聲一起，立時進攻！

他們屏息靜氣地等著，似乎誰的呼吸濃重一些，就會蓋過突然傳來的槍聲。霧越來越濃，握著透霧望遠鏡的警員一直注視著別墅，一切似乎都很正常，極其平靜。

然後，他們聽到了那陣軋軋聲。

各人頓時緊張起來，說：「什麼聲音？什麼聲音？」

「像是直升機，」握著望遠鏡的警員回答：「是一架直升機！」他看到一架直升機，正在向別墅的上空慢慢降下來。

「直升機？快命令它降落。」警官倏地趕過去。

「我看不用了，是我們的直升機，大概是高主任召來保護他的。」

警官接過了望遠鏡，在濃霧黑夜之中，那直升機本來是絕對無法用肉眼看到的，但是借著光學儀器的輔助，他可以看到機身上警方的標誌。

「哦，那也未免太小題大作了。」警官在心中暗暗思忖著，然而就在這時候，他突然看到，別墅的屋頂揭開，一隻極大的方形箱子向上升起。

也就在此時，人人同時聽到一連七響悶啞的槍聲。

警官放下望遠鏡，一揮手說：「衝過去！」

那警官立即端著衝鋒槍，掃出三梭子彈，奔在最前面，但突然間，濃霧中冒出兩道白色的光芒來，那是汽車的車頭燈，照得三個警員幾乎連眼也睜不開來，他們連忙打著滾，向旁滾去，那輛車子向前直衝了下來。

那是一輛大型轎車，大得異常，路旁的警員同時向著汽車開槍，不知多少子彈射向那輛車子，但射中車身的子彈卻未能傷害這輛汽車。

車子是防彈的！車輛是特製的實心膠輪，同樣不怕子彈！

汽車以接近六十的高速衝過崗哨站，接著，車頭燈也熄了，濃霧和黑暗使得所有警員只能盲目開槍。

當所有人的注意力全被那輛衝下山路的車子吸引著的同時，那架直升機越降越低，自機身中伸出一條連著一隻大鐵鉤的鐵鍊來。

鐵鉤鉤住那大箱子，直升機開始向上升去，等到警員想阻止直升機上升時，他們只聽到機聲軋軋遠去，而望不見那架直升機了！

警官面上失色，他一面命令摩托車隊以全速追蹤那輛汽車，一面趕向那幢別墅。

當他趕到那幢別墅時，不用他進攻，也可以佔領全幢別墅了，因為別墅裡，根本一個人也沒有，只是一幢空屋！

當他呆若木雞之際，另一個噩耗又來了！

七輛警務摩托車剛駛出十幾碼，便一齊失了事，所有警員連人帶車滾下了山路，原來那輛汽車在經過的同時，在路上灑下了濃稠滑油……

高翔、木蘭花和穆秀珍三人並沒有等到「救兵」，他們只覺得那個關住他們的房間忽然向上升去，接著，便有些晃盪的感覺。

「木蘭姐，我們在什麼地方？」

「在半空中。」木蘭花鎮定地回答：「你大可放心，我們暫時不會有危險的，我已經將一切全部想清楚了。」

「究竟是怎麼一回事？」高翔問。

「警方的工作太差了，」木蘭花搖了搖頭：「紅衫俱樂部的主席已經來了！」

「這不可能的，羅馬方面的報告說——」

「高翔，別忘記當我和你在利馬高原上的時候，勃列斯登所接到的報告，也說我是在H市的家中！我們一開始就被愚弄了。」

「這——」高翔紅了紅臉，說不下去。

「你說，劫持我們的這十個人全是要犯，他們是如何來到本市的？他們當然有特別的交通工具，我相信那是一艘裝備齊全的快艇停在公海上。如今，我們一定是被直升機吊著在空中飛行！」

「噢，」穆秀珍吃驚地說：「那樣的濃霧，希望那位飛行員有豐富的飛行經驗！」

木蘭花和高翔忍不住笑了起來。

「我們將會被帶到那艘快艇上，和紅衫俱樂部的頭子會面。」木蘭花結束她的推測。

「他們的目的是什麼呢？」穆秀珍問。

「他想誘我們入夥？」高翔嚴肅地說。

「秀珍，高翔，不論他們會如何對待我們，我們一定會被他們分開來的，到時每個人都將要獨力面對危機，我們最重要的是保持鎮定和相互間的聯絡！」木蘭花略停了一停。「高翔送給我們的髮箍，倒是有通訊設備，高翔，你自己呢？」

高翔拉了拉耳朵，他的一小塊耳垂，竟被拉了下來。那當然不是他的耳肉被扯掉一塊，而是掛在耳垂上的一個肉色小東西被拉了下來。

他揚了揚那小東西說：「這就是我的小型通訊器，只要我們三人相隔不超過半公里，我們就可以互相聯絡，我們可以直接聽到對方說話的聲音——即使相互之間有著重重阻隔。」

「那就好！」木蘭花望著穆秀珍，「只希望他們不要發現我們的通訊器。秀珍，如果真的無法聯絡，你將要怎樣？」

「和他們拼命！」穆秀珍毫不考慮。

「胡說！」木蘭花叱道：「紅衫俱樂部是歐洲最出名的犯罪組織，你一人能有多大的力量，拼得過他們麼？你要忍耐，敷衍，以極大的耐心，等候有利於自己的時機！」

「知道了！」穆秀珍嘟起嘴，不大願意地回答。

直升機的軋軋聲，一直在響著。

H市的警局總部已經亂成一團，那輛直衝向警員的汽車，在一小時後被發現停在海邊，但車內已空無一人，車上只留著一張白紙。

那白紙寫著：

「請變賣這輛超級防彈汽車，所得的金錢可作為撫恤金，補償給因追趕我們而不幸喪生的警員家屬——我們是不想傷人的。」

不以暴力進行犯罪——這正是紅衫俱樂部一直所標榜的原則，這張令人啼笑皆非的字條，當然也是紅衫俱樂部所留下來的了。

方局長在海邊的汽車中看到那張字條後，更是著急，他下令所有水警向海面進行截查，但是一直鬧到天亮，依然毫無結果。

他又調查建築公司，調查中請建造那座別墅的人，那家洋行的主持人竟表示莫名其妙，原來是有人假冒他的名字建造別墅，建築公司在興建時，的確是沒有機關的，一切機關都是屋主人在進行「內部裝修」時所加上去的。

這所別墅擁有內部發電機，建築這樣一所房屋，加上各項花費，方局長估計紅衫俱樂部至少用去二百萬英鎊，但是對紅衫俱樂部來說，這二百萬英鎊顯然是用得極其值得——因為有「東方三俠」之稱的木蘭花、高翔和穆秀珍，已一齊落入他們的手中！

「東方三俠」被困在一隻大箱子中，直升機迅速地穿過濃霧，飛到海面上，一艘快艇已在等著，直升機將大鐵箱放在快艇上，機翼軋軋地轉動著，快艇上，一個人將另一隻小箱子掛在鉤子上，鐵鍊向上縮去，將小鐵箱升到機上，在直升機上的兩個人匆匆打開小鐵箱，裡面是一箱整齊的鈔票。

方局長估計紅衫俱樂部至少花費了二百萬英鎊，顯然是估得太少，只是借用這架直升機作為禁錮高翔等三人的運輸工具，代價便是一百萬英鎊！

那直升機確實是警方的，駕駛員和副駕駛員受了賄賂，他們被要求只要在夜間的例行飛行中，將一個大鐵箱吊到海中。

至於箱子裡是什麼東西，他們全不知道，如果知道箱子裡是什麼的話，只怕他們也不敢接受紅衫俱樂部的賄賂了！

當大鐵箱被放在快艇上，快艇全速航行的同時，木蘭花正用髮箍中的利刃在試探著箱子的合縫處是不是可以供利刃伸進去。

她試了好一會，都難以如願。

高翔頓了頓足，說：「我本來還設計了一種乙烷噴射器，可以燒熔硬金屬的，只可惜未曾製造成功，要不然就可以用了。」

「廢話！」穆秀珍撇了撇嘴，忽然又嘆一口氣，突然又著急起來，「超文這傻子要是知道我們徹夜未歸，他可是要急死了！」

她不斷地咬著手指，坐立不安。

木蘭花放棄逃出這只箱子的企圖，她看了看手錶，從他們被困住到現在為止，已經有兩個小時，照理來說，應該已到目的地了吧！

他們看不到外面的情況，這時，快艇在黑暗中已經漸漸駛向一艘大漁船，正如木蘭花所料，紅衫俱樂部的船停泊在公海上，但是木蘭花卻料不到那竟然是一艘漁船。

是的，那是一艘中國式的漁船，從外表來看，它和出海打漁的漁船簡直一點分別也沒有，甚至同樣地殘舊，在甲板上走動的人，全穿著中國漁民最常穿著的衣服，這些人雖然全是黃皮膚，但仔細一看，就可以知道他們絕不是以打魚為生的漁民。

這又是「紅衫俱樂部」的傑作，這一艘船，在一個月之前，還是南中國一帶最大的作業漁船，現已被紅衫俱樂部以高價買下來，經過改裝後，這艘外表看來絕對是一艘古老殘舊的漁船，內部結構卻可以和世界上最豪華的遊艇不相伯仲。

首先，這艘船有強大馬力的發動引擎，速度達到每小時六十海浬——為了這個緣故船底部分，被安裝了強大沉重的龍骨，而船首也被包上鋼片，只不過鋼片全被巧妙地漆成了木色。

船內有四個舒適華麗的艙房，第一流的酒店都會自嘆不如，而且還有一個可容納二十個船員的大艙，自備發電機供應電力，在每一個房間的隱蔽角落處，都裝置有監視系統，通向船首的另一個小艙房，反不如四個大艙房華麗，它的一切陳設全是刺目的紅色。

如此偏嗜紅色，佈置這間艙房的人，一定是一個心理變戀的怪人。

而這時候，紅色的艙房中，有著一個人，穿著大紅色的睡袍，躺在一張安樂椅上。

那人有鷹喙一樣的鼻子，和餓鷹一樣的眼睛，他是一個五十歲左右的中年人，他放在安樂椅扶手上的右手戴著三只戒指。

那三只戒指，顏色殷紅深沉得令人喘不過氣來，品質絕對是頂級的紅寶石。

艙內唯一不是紅色的，就是那架電視的螢光屏。

那人正注視著電視的螢光屏。

在電視上，可以看到漁船的左舷，一艘快艇在漸漸逼近，漁船上的起重機將一個大鐵箱吊了起來，漁船開始輕微的震動——它正以全速向前駛去，那艘運載鐵箱前來的小艇，轉眼之間就看不見了。

那人的面上現出了一絲得意的笑容，按下電視的控制鍵，電視裡傳出聲音。

那是船上的各種聲音，大鐵箱已被放置在甲板上，有人打開了箱上的一個小圓孔，那小圓孔只不過一個錢幣那麼大小。

可是小圓孔才一打開，「砰砰砰」三下槍聲，三顆子彈便從圓孔中射出來，呼嘯著飛向黑暗的天空，聲音傳到這人的耳中，令得那人厭惡地皺了皺眉。

那人聽到的槍聲，並不是直接傳到他耳中，而是通過傳聲設備而來，因為每一間艙房，都是絕對隔音，任何聲音都傳不進來的。

甲板上，那個打開小圓孔的漢子冷冷地說：「三位，開槍是沒有用的，我們可以將你們先麻醉才放出來，你們願意麼？」

在鐵箱中傳出一個女子的聲音，那一定是木蘭花了——那中年人心中想，這就是令得紅衫俱樂部第一次遭受挫折的人？除了出奇的冷靜之外，那聲音聽來，似乎和別的女子並沒有什麼不同，何以她竟然那麼厲害呢？

說話的正是木蘭花，說：「好，我們不開槍，你將這箱子打開吧！」

那漢子說：「可以，但是你們在出來的時候，要將雙手放在頭上，要不然，我們雖然以不用暴力著稱，但你們是危險人物，可能要例外了！」

木蘭花的聲音又傳出來說：「可以照辦！」

那漢子揮了揮手，六個人端著手提機槍，站近了一步，他走到鐵箱之前，迅速地轉動幾個鍵盤，「轟轟」地一聲巨響，一塊大鐵板落了下來。

小艙房中的中年人感到躊躇滿志。

他在計畫進行一切之際，已經將木蘭花的資料搜集得極其齊全，一些國際著名的匪徒紛紛向他進言，勸他不要去惹木蘭花，勸他犧牲了勃列斯登也就算了。但是他卻不肯，他要保持紅衫俱樂部不敗的榮譽，所以才苦心計畫了兩個月。

如今總算成功，木蘭花，高翔和穆秀珍三人即將要把手放在頭上，從一個鐵箱中走出來，這是何等令人得意的事。

他不由自主哈哈大笑起來！

甲板上的一動一靜全逃不過他的眼睛，甲板上任何輕微的聲音也逃不過他的耳朵，然而他的狂笑聲，甲板上一點也聽不到。

在甲板上，最先走進來的，是雙眼圓睜的穆秀珍，中間是高翔，木蘭花在最後，他們三人，手都放在頭上。

木蘭花吸了一口新鮮空氣，四面望了一眼。四周圍一片黑暗，漆黑的海面不時閃起一點光芒，船在全速行駛，但十分穩定，一點燈火也沒有，這表示他們正在遠離城市的海域中。

木蘭花將手放在頭上，她的髮箍上有六枚小型煙幕彈，估計只要六枚，就可以製造出大團的濃煙來，他們也就有逃脫的機會。

但是逃出這艘船，就是大海，在汪洋大海之中，他們能逃生麼？

當然，最好是能將這艘船奪過來，控制這艘船，但如今，要憑幾枚煙幕彈，卻是沒有這個可能，因為除了手持機槍的六個人外，高處還有七八個人，手中全是持著武器的，他們貿然發動，後果實在不堪設想，所以木蘭花沉聲說：「秀珍，不可亂來。」

穆秀珍放在頭上的雙手，已將髮箍分了開來，她的手指將一枚小型煙幕彈拔出一半來，只要再輕輕一拔，煙幕彈落在地上，那麼「轟」地一聲，一大團濃煙便立時產生。

但是，由於木蘭花的警告，穆秀珍只得嘆一口氣。

她將那枚小型煙幕彈撥回去，又恢復好髮箍，他們向前走了幾步，六個人走向前來，兩個監視一個，將他們身上的武器全都收去。但高翔的假耳垂，木蘭花和穆秀珍的髮箍，他們卻未注意。

三個人放下手來，又上來六個手持武器的人圍住了木蘭花。

「我們的首領要先見一見你。」

「好的，我同伴呢？」木蘭花回答得十分輕鬆。

「只要他們肯乖乖的話，他們就會得到十分良好的待遇。」

木蘭花笑了笑，說：「你們聽到了沒有，可不要生事啊！」

木蘭花輕鬆的口氣，令得小艙房中的那人多少感到一些懊喪。

他希望木蘭花驚惶失措，乞饒認輸，但是木蘭花卻全然不是那樣，她一點也不驚恐，好像是這艘船上的貴賓，而不是俘虜！

木蘭花被帶進那間小艙房，安樂椅中的那人並沒有站起身來，木蘭花走進了艙房，那人才向他對面的一張椅子指了一指，說：「請坐！」

木蘭花大方地走了過去，四面看了一下，說：「紅色，全是紅色！」

她一面說，一面走向那張椅子，坐了下來。

那是一張十分普通的椅子，可是木蘭花才一坐下去，「刷刷」兩聲，在左右扶手上，立時伸出一柄狹長的利刃來，攔住了木蘭花。

木蘭花如果要站起身的話，那麼她一定要十分小心，才能不被利刃傷害。

木蘭花靜靜地說：「這種椅子，在中國默片時代的電影中就有了，並不出奇。」

「你看看你頭上的東西，那是新奇的。」安樂椅上的中年人懶洋洋地說，雙眼似開非開，似閉非閉地望定了木蘭花。

木蘭花抬頭向上看去，她看到一隻半圓形的罩子，倒頗有點像髮型屋中的吹風罩，就掛在她頭頂之上尺許高下處。

「這是什麼？」木蘭花問。

「這是放射線發射器。」那中年人仍然懶洋洋地說：「只要我一按掣，它就會放射出對人體危險的放射線，只消一秒鐘——」他講到這裡，故意頓了一頓。

木蘭花只覺得一陣發涼。

「只消一秒鐘，」那中年人重複著：「小姐，你的腦細胞便會受到放射線的破壞，但是你身體的其他部分卻還極為健康，你稱這種人為什麼人，活的死人，是不是？我們一向是不喜歡傷害人命的，小姐，別輕率對待自己的腦子！」

3 煞星男爵

木蘭花深深地吸了一口氣，這當真比死還要可怕，她仍然笑了笑，說：「好了，我們可以討論正事了。」

「首先我得自我介紹——」

「不必，你是長里坦男爵，世界上最傑出的罪犯之一，我已經知道。」木蘭花不必他講完，便講在他的面前。

馬里坦是義大利的貴族，他的確是有著「男爵」的頭銜，他也喜歡人家在稱呼他的時候，帶上「男爵」這兩個字。

他伸了一個懶腰，說：「好了，第二，我想知道，利馬高原上的鑽石——勃列斯登所追尋的那些，結果怎麼樣了！」

木蘭花情不自禁地笑了起來，這次她是真情流露的笑，而不是為了表示鎮定。

「鑽石？」她指著馬里坦，「如果你到利馬高原上去走一趟，就知道原來是什麼了！」

「原來是什麼？」

「水泡！陽光照在沼氣造成的水泡上，在受了有毒植物的麻醉而半昏迷狀態的探險隊員眼中被看成鑽石，勃列斯登是為了水泡喪命的。」

「小姐，勃列斯登，我們俱樂部的副主席，是死在你手上的，請你不要轉移這個事實。」

「好，如今說來，你是要為他報仇了？」

馬里坦瞇起眼睛，望著木蘭花。

木蘭花不知道他心中在盤算什麼，只是想著如何對付馬里坦！在這個小艙房中，她和馬里坦單獨相對。

這原本是一個極好的機會，如果她能夠制住馬里坦這個紅衫俱樂部的主席，那麼，她搶奪這艘船的目的就可以達到。

攔在身前的兩柄利刃不足為懼，但如何能夠避開頭上的放射罩呢？木蘭花雙足在厚厚的地氈上蹬了一下，她坐著的椅子一動也不動，椅子是被釘牢在地上的，那就沒有可能連人帶椅一起倒下。

看來唯一的辦法，是要在自己發動攻擊之際，而馬里坦又不能立即按掣，控制放射罩的按鈕在什麼地方呢？

木蘭花用心地觀察著，當然那是在馬里坦不必移動身子，便伸手可及的地方，也就是說，是在馬里坦所坐椅子的扶手上。

但有什麼方法可以使馬里坦離開那張椅子片刻呢？時間不用多，只有三秒鐘就足夠，木蘭花就可以跳出椅子，放出煙幕彈在濃霧中出手，擒住馬里坦男爵！

但是馬里坦卻毫無離開椅子的意思。難堪的沉默維持了幾分鐘，馬里坦才說：「小姐，在我計畫對付你之前，我花了一段時間研究你們三個人的一切。」

「謝謝你。」木蘭花淡然回答。

木蘭花又將自己的計畫考慮了一遍，先決條件便是要將馬里坦誘開！她看來十分安靜地坐著，實則正殫智竭力地在思索。

「你們三人——」馬里坦慢悠悠地說著：「可以說是十分優秀的人物，和我們俱樂部的成員相差無幾——」

馬里坦講到這裡，停了下來，雙眼仍是那樣有氣無力地望著木蘭花，續說：「我想，不必我多說，你應該明白我的意思。」

「我不明白。」木蘭花睜大了眼睛。

其實她早已明白馬里坦的意思了，只不過她要拖延時間，要等候馬里坦離開那張椅子，她好施放煙幕彈，所以她才說「不明白」的。

馬里坦桀桀地笑起來，笑聲難聽得如同夜梟一樣，說：「但是你必需先明白，你們三人想和紅衫俱樂部作對，那是沒有生路的，如今你們三人的處境，便是一個證明。嗯，東方既廣大又富庶，紅衫俱樂部有向東方擴展勢力的計畫，只要你們三人肯為紅衫俱樂部效力，就可以享有我們會員一切權利，你們願意嗎？」

「原來是這樣！」木蘭花平淡地笑了笑，說：「我可以告訴你，不但我們不能為你們效勞，而且，紅衫俱樂部有意思向東方發展勢力的話，我們一定會合力斬斷你們的魔爪，那樣一來，只怕閣下在西方的勢力也不能夠倖保，請你們考慮清楚。」

「嗯，嗯，」馬里坦像是並不太在意，「我們之間的確有分歧，我們是不怎麼喜歡用暴力，你卻使用了『斬斷魔爪』這樣的招數，看來我們的談判是不成功了，但是你可知道，我們的每個主要會員，每年有著二百萬英鎊的鉅額津貼麼？」

「我不相信，」木蘭花立即回道：「如果每一個主要會員都有如此鉅額的津貼，那麼你們的——」

木蘭花的回答十分快，但是她講到一半，卻突然住口。

這使得馬里坦的身子下意識地動了一動。

他望著木蘭花，木蘭花不繼續往下說去，他問道：「我們的什麼？」

「我不能說，請原諒，如果說了，那麼我便違反和一個人之間的君子協定。」

「你是說，」馬里坦坐直身子，但是他的雙手卻仍然放在安樂椅的扶手上，「你和我們之間的一個人，有著君子協定？」

「可以那麼說。」

「哈哈，」馬里坦笑著，又半躺了下去，「你別出花樣了，那是絕無可能的事情，我們的主要會員，百分之百地忠於我！」

木蘭花心中暗罵：這老奸巨猾的老狐狸！

她微微一笑，說：「既然沒有可能，那就算我在胡言亂語好了。」

木蘭花本來是希望自己的話能將對方打動，或者憤怒得直跳起來，那麼，就可以在他離開椅子的時候下手，可是馬里坦卻沒上當，木蘭花第一次嘗試已遭到失敗。

「小姐，我可以給你時間考慮，要不然，我們就用放射線來破壞你們的腦細胞，使你們不再礙手礙腳，就給你十分鐘，怎麼樣？」

「我可以吸菸麼？」

「可以。」馬里坦拋過一支菸來。

「火。」木蘭花將菸銜在口中。

馬里坦取出打火機，如果他俯身來為木蘭花點火的話，那麼木蘭花就有機可趁了，這正是木蘭花所希望的事。

可是馬里坦取出打火機後，卻並無移動身子，他的手指在打火機上一按，「啪」地一聲，一股極細的火焰竟筆直也似地向前射來，那股火焰呈青色，射出一碼多遠，木蘭花感到它的熱力十分之驚人，她連忙吸著口中的香菸。

她第二次嘗試，又失敗了！

木蘭花噴著菸，不斷地噴著。

菸霧使她的視線變得模糊，但是她仍然看到馬里坦的雙手放在扶手上，同時，她聽到馬里坦每隔一分鐘便提醒她時間的逝去。

當馬里坦說出「五分鐘」三字之際，木蘭花手一揚，拋開了菸蒂，她的菸蒂是裝著不經意，不小心，而向馬里坦的身上彈去的。

如果是別人，一有菸蒂拋到自己身上，一定會跳起來將菸蒂抖落，但是馬里坦卻仍然不動，他十分冷靜地拈起菸頭來，笑了笑說：「小姐，你白費心機了，我的衣服全是經過防火液處理，可以耐高溫到攝氏四十度，這菸頭，你是白費心機了——喔，我還得提醒你，已經六分鐘了。」

第三次失敗！

木蘭花的心中開始暗暗著急起來，只剩下四分鐘時間，在四分鐘之內，她可能做些什麼？當然，她可以佯作答應，但如果一旦答應，從此便跌入對方陷阱裡，要再度抽身離去，那就十分困難了！

如果不答應，就唯有任由他以放射性光線，將自己、穆秀珍和高翔三人的腦細胞全部破壞，變成白癡麼？

在她心情焦亂中，馬里坦的聲音又響起來：「七分鐘了。時間過得很快，也很無情，我要提醒你，我是說了就做的。」

木蘭花的身子，慢慢向下滑去。

她的面前攔著兩柄利刃，她不可能一躍而起，如果向上竄，那反而是向發出放射線的儀器迎上去，她希望能夠在不知不覺間，迅速地向下滑去，滾在地上，再作進一步的打算。

然而，馬里坦的聲音又響了起來：「小姐，如果你的身子再向下滑低於一吋的話，我會連最後的兩分半鐘也不等待了。」

第五次失敗了！時間只有兩分半鐘了！

木蘭花坐直身子，經過五次失敗後，她不必再多作嘗試，便知道沒有法子引得馬里坦離開這張安樂椅了，然而，他不離開椅子，她又怎能脫身呢？唯有退而求其次，轉移他的注意力。

對，轉移他的注意力，使他在注意力被轉移的一剎間，以為自己已離開了被禁制的椅子，而到了另一個角落，那麼他就會向那個角落開槍，而不會去按動放射線的按鈕，那麼自己或許就可以從容脫身了，這是一個可行的辦法。

當然，這要冒很大的險，但木蘭花心中安慰著自己：總是要冒險的。

馬里坦沉聲地叫出：「九分鐘，小姐，九分鐘了。」

木蘭花突然失色地叫道：「你背後的一盞紅燈亮了，那是什麼意思？你說十分鐘，為何九分鐘就有紅燈亮起來？」

馬里坦的面上現出十分訝異的神色，轉頭向後看去。

那正是木蘭花意料中的事情，她在那半秒鐘的時間內，拋出兩枚小型煙幕彈，「轟」，「轟」兩聲響，煙幕爆開來，立時濃煙密布，木蘭花立即又擲出了她的一隻手鐲。

手鐲撞在右角落的一只大花瓶上，花瓶發出清脆的碎裂聲來，當煙幕彈一爆開來時，船艙內立時充滿濃煙，什麼也看不見了。

正因為什麼也看不見，所以花瓶的碎裂聲聽來也格外使人驚心，隨著花瓶的破裂聲，木蘭花聽到一陣低沉但密集的槍聲。

那是配有高效能滅聲器的手槍，子彈的呼嘯聲正是集中在右角落，木蘭花吁了一口氣，她的計畫總算成功！

她的身子滑下了椅子，在她剛在地下滾了一滾之際，突然一道極其強烈的光芒閃了一閃。那一道光芒，正是發自她剛才所坐的椅子上！

木蘭花屏住了氣息，她暗中替自己喊一聲僥倖，由那光芒的一閃，使她知道馬里坦仍然在那張安樂椅上。

她一翻身，如同黑豹一樣疾躍而起，向前撲去，她的手背勾住馬里坦的脖子，反手一摘，奪過了馬里坦手中的槍。

也就在這時，艙門「砰」地一響被打開來，濃煙湧出艙外，兩名大漢衝進來，槍口胡亂指著濃煙密佈的船艙裡。

木蘭花手中的槍口頂住馬里坦的肥腦袋，她的人則在安樂椅背後，左臂仍然箍住馬里坦的脖子，她心中奇怪馬里坦為何毫不掙扎。

她大聲說：「放下武器，你們首領的性命在我手中！」

她以槍口向馬里坦的後腦敲了敲，但是馬里坦卻一無反應。這胖子難道是嚇昏過去了？

正當木蘭花這樣想法之際，門口那兩名大漢暗暗笑了起來，他們雖然放下手中的槍，臉上卻露出脆異笑容。

這時馬里坦的聲音在木蘭花身後響起來。

「小姐，我已一再聲明過，我們不喜歡使用暴力，暴力只是活動人的四肢，我們是用智力，那是活動人的腦細胞，智力一定勝過暴力的！」

木蘭花倏地轉過身來，馬里坦就站在她身後一碼處。

木蘭花左臂一揮，「啪」地一聲，將安樂椅上的那人摔了過來，那是一個酷似馬里坦的橡皮人，木蘭花看了看手中的槍，也是假的，她拋開假槍站起來。

「怎麼樣，小姐，你還想用暴力麼？」

木蘭花又遭到第六次的失敗！

「剛才，你避開槍擊，又逃開放射線，小姐，我希望你珍惜自己的性命，不要再以卵擊石，作無謂的反抗了！」

「以卵擊石」，從來也沒有人敢對木蘭花如此說過，但是，在他們三人進入別墅後，他們便一直居於下風，難怪馬里坦趾高氣揚了。

木蘭花竭力使自己鎮定下來，說：「好，想不到你在這艘漁船上，下了那麼大的工夫！」

「當然，」馬里坦得意洋洋地說：「這艘漁船將是我們的遠東總部，任何生意都要下本錢的，我相信你不會反對這句話吧。」

「你現在又給我多少時間考慮？」木蘭花試探著問，同時，她不甘失敗，還在轉著如何才可以逃脫的念頭。

馬里坦伸手托住他肥肉折疊的雙下巴，道：「這個，我看……不必了。」

木蘭花陡地吃了一驚：「那是什麼意思？」

隨即，她聽到自身後傳來幾乎微不可辨的腳步聲，她的腰際有兩件硬物頂過上來，那自然是剛才站在艙外的兩個大漢已來到她的背後，而以他們手中的槍將之抵在她的身後了。

木蘭花的面色也不禁變得蒼白起來。

「我說不必了，」馬里坦陰森森地說：「那意思就是，剛才你既然有十分鐘時間考慮，而又未能得出決定，就算再多些時間，都是沒有意義的，你同意我的看法麼？」

「你是說——」

「我們不得不剷除阻礙紅衫俱樂部前進的人，即使要使用到暴力，」馬里坦「嘖」地一聲，「我們只好表示遺憾了！」

他肥胖的頭部側了一側，在木蘭花的身後，立時傳出一個粗魯的呼喝聲，說：「轉過身來，走出艙外。」

木蘭花停立不動，她冷笑著道：「如果你們已決定要殺我，我為什麼還要聽你們的命令走出這個船艙去？」

「噢，小姐，你看這地氈，這是波斯皇宮中僅有的一張鮮紅色地氈，是中古時代的藝術品，我想你也不希望它被你的鮮血染汙吧！」馬里坦作狀地說。

地氈，木蘭花的腦中，陡地閃過一絲光亮。

在她腳下的確是張厚而柔軟的地氈，這地氈可說是波斯地氈中最上乘的貨色，正因為它極之柔軟，或許能幫助到她。

木蘭花兩腳微微分開，用力地向下踏著，然後又慢慢地靠攏，她覺得腳下的地氈已經被她的腳弄得不再平整了，她說：「好，我走出去。」她突然轉過身去。

在她轉過身去的時候，她雙足用力地扭轉著地氈，使得整張地氈都轉動起來，在她身後的兩個人經不過突如其來的轉動，身子向後仰去，木蘭花趁機向後躍出，她反躍到那兩個人的身後，不等那兩個人轉過身來，她雙手一按，按住那兩人的頭，猛地一撞，那兩人悶哼一聲，身子向後倒去，木蘭花手探處，已將兩人手中的手提機槍一手搶了過來。

這一下變化，前後至多不過半分鐘。

當木蘭花以雙足扭動地氈的時候，馬里坦也同樣站在地氈上，他的身子也側了一側，幾乎跌倒。到他站穩時，木蘭花的手中的兩柄槍已對準了他！

「別以為我不會開槍，」木蘭花冷冷地哼了一聲說：「所以你還是不要動的好！」一面說，一面以槍托大力敲暈那兩個大漢。

馬里坦的雙手舉了起來，木蘭花後退一步，使自己的背靠在艙壁上，她的槍口仍然瞄準著馬里坦，說：「命令你的部下，將穆秀珍和高翔兩人送進這間艙房裡來。如果五分鐘內，我看不到他們兩人，你就要葬身大海！」

「別用暴力，小姐，他們兩人很好！」馬里坦側過頭去，對著手錶叫道：「快帶我們另外兩位貴賓前來。任何人不要妄動，我已受制，如今佔優勢的是木蘭花小姐，我在兩柄手提機槍的威脅之下，你們任何人的妄動，都足以危及我的性命。」

「你倒很聰明！」木蘭花點頭讚許。

現在的形勢，她終於占到上風，但在高翔和穆秀珍兩人還沒有來到前，她還要小心戒備，提防馬里坦再出花樣。

她和馬里坦會晤只不過半小時左右，然而在這半小時中，她已知道馬里坦聰明、多智、狠毒、可以稱得上是第一流的匪徒，也是極強的對手！

面對這樣的一個對手，木蘭花仍是不敢大意。

不到兩分鐘，木蘭花已聽到穆秀珍的叫嚷聲，她和高翔兩人一齊走了進來，木蘭花左手一抖，將左手的槍向高翔拋去。

高翔接過機槍立即和木蘭花一樣，背靠艙壁而立，槍口對準馬里坦，穆秀珍衝到木蘭花身邊，說：「蘭花姐，這胖子是誰？」

「他是紅衫俱樂部的主席，馬里坦男爵。」

高翔呀了一聲，穆秀珍搖頭道：「原來紅衫俱樂部這樣膿包，不過癮，那實在太不過癮了，蘭花姐，你說是不是？」

木蘭花瞪了穆秀珍一眼，才說：「馬里坦先生，你快命令這艘船向市區駛去，我們要將你們交給本市的警方手中。」

「這艘是『雷庫號』，」馬里坦居然毫不驚慌，「將我們交給警方，這不是太過分了麼？我們能否作有條件的妥協呢？『雷庫號』的意思，就是儲藏雷的所在，那也就是說，自這裡所發出的聲音，能使千萬人心驚，這是我取的船名。」

「如果你能僥倖不被判死刑，那麼我想你在監獄中，將可以雷鳴二十年之久。」高翔調侃著說：「你的提議被否決了！」

「一點通融也沒有麼？」

「別廢話了，當然沒有。」穆秀珍大聲斥責。

木蘭花在那一剎間，心中閃過了一絲念頭，馬里坦表現得太鎮定了，那種異乎尋常的鎮定，實在不應該是一個被擒匪徒所應有的。

在木蘭花過去的經驗中，每一個匪徒不論他在得勢時是如何地凶狠，但是失勢的時候，卻總是貪生怕死，面如死灰的。

難道馬里坦真的與眾不同？還是他別有所恃呢？

木蘭花正想喝令他走過來，但已經太遲了！

只聽得馬里坦說：「那太遺憾了！」他這一句話剛出口，突然之間，像是天和地忽然換了位置，整個船艙都倒轉過來。

木蘭花、高翔、穆秀珍和室內一切陳設都滾動著，向下跌去，像是方盒中的玩具公仔因為盒子轉動而滾跌一樣。

只有幾件大的家俬例外，例如那兩張椅子，因為有釘子固定，所以未曾跌下來。而馬里坦則雙手握住艙底一個鐵環，吊在室中。

當穆秀珍舉槍欲向他發射之際，在他的身旁，「呼」地出現一道活門，他便從那道活門中溜了出去。

繼之而來的，便是馬里坦的怪笑聲，和不斷地旋轉，整個艙房，像是飛機翻筋斗也似地轉動著，在剛一開始的時候，高翔、穆秀珍和木蘭花從這個角落滾到那個角落，撞在艙壁硬物上，撞得狼狽不堪，幾乎連槍也握不住。

木蘭花是三個人中最早攀住那張安樂椅的一個，攀住安樂椅後，雖然艙房仍在不停轉動，但因為安樂椅是固定的，所以她就不再到處滾跌。

木蘭花伸手拉住高翔和穆秀珍兩人，使他們兩人的身子也附在安樂椅上，穆秀珍一把奪過高翔手中的機槍，掃出一排子彈。

子彈發出刺耳的呼嘯，「啪啪」地撞在艙壁上，又反震回來，整個小船艙四壁全是防彈的！而且那船艙根本也是一隻大箱子！

木蘭花一進來的時候，便覺得這個主腦的艙房太小了些，直到現在，她才明白這個艙房設計得如此小的真正原因。

她又一次地失敗了！

在天旋地轉中，馬里坦的聲音聽來更加刺耳，他「格格」地怪笑著，道：

「小姐，你曾經稱讚『雷庫號』設計的巧妙，那倒是事實，如今你們所嘗到的，只不過是其中一項的設計而已，可是你們已經有點受不住了，是不是？」

木蘭花舉起槍來，射出一排子彈。

她的子彈是射向那具放射線儀器的，一陣白煙和焦臭的氣味冒出，那具儀器顯然失了作用，船艙繼續在旋轉。不論睜大眼或閉上眼睛，忽然頭下腳上，又忽然頭上腳下，那種隨時會被拋擲出的離心力，使得人腦部充血！

高翔、木蘭花和穆秀珍三人，全是受過嚴格東方武術訓練的人，東方武術的訓練，可以使人忍受最艱苦的環境，可以使人在逆境中求生，所以他們三人，居然能在天旋地轉中支持了二十分鐘。

但不論他們所受的東方武術訓練是何等嚴格，他們總是沒有法子一直支持下去的，穆秀珍首先乾嘔起來。

高翔的面色也慘白得難以形容。

木蘭花則覺得耳際嗡嗡直響，艙中的每一件東西都在稀哩嘩啦地轉動，在翻滾，令她的頭腦越來越脹，感到難以支持。

木蘭花喘著氣，說：「秀珍，你怎麼樣了？」

「我……不行了，我抓不住了。」

「死命抓住，你若是跌下去，你更難以支持下去，用繩子將自己綁在椅上。」木蘭花喘息著，斷斷續續地說著。

但是馬里坦魔鬼也似的聲音又響起來，說：「不必了，你們看看這張椅子已自身難保，它不能再庇護你們了！」

馬里坦的話才出口，高翔三人抓住的那張安樂椅便向下落了下來，立即滾到一角，又立即翻轉過來，向另一個角落滾去。

當椅子落下去的時候，穆秀珍的後腦撞在艙壁上，她本來就已經支持不住，這時立即昏了過去，高翔一伸手臂將她抓住。

可是在第二次滾跌之際，那張安樂椅撞向他們兩人，重重地壓了過來，連高翔也昏過去了，木蘭花雖然未曾昏去，但也在半昏迷狀態之中了。

她竭力想抓住什麼來穩住身體，可是整個船艙中的所有一切物品全在翻跌著、滾動著，沒有一樣東西是靜止的，她的身體隨著那些東西，自這個角落被摔到那個角落，像是一個球般，除了設法保護頭部外，她沒有別的辦法可想。

她雙手抱著頭，隨著轉動而翻滾。

她竭力使自己不昏迷，她知道這是最重要的。她眼前已經看不到東西，只看到各種各樣在旋轉的物件，那些東西全成了一個個圈兒，像是無數在飛舞盤旋著的妖怪，她幾乎要昏過去。但就在那一瞬間，旋轉停止了。

突如其來的歇止，使她的心怦怦地亂跳起來，她很想嘔吐，但是她忍住了，勉力地向旁看一眼，她看到高翔和穆秀珍兩人攤手攤腳地躺著，身上壓著不少東西，她連忙也那樣躺下，拉了些破硬的東西壓在自己的身上。

接著，她聽到有人聲傳了過來，那是一個尖銳的中年人聲音：

「男爵閣下，沒有人可以忍受那樣的旋轉而不昏倒，美國訓練太空人的最高記錄是七分鐘，如今我們已旋轉了足足三十分鐘，你以為他們還能夠保持清醒麼？」

三十分鐘，那是何等難挨的半小時，自己總算還保持著清醒。

「啪」地一聲，門被打開，木蘭花將眼睛打開一道縫向前看去，她看到的人都是雙重的，在不斷地搖擺，像是在跳「阿哥哥」舞一樣。

她只依稀辨得出有兩個人，其中一個正是馬里坦。

「看來他們是昏過去了。」馬里坦的聲音表示十分滿意，同時，他的身子也向前慢慢地走過來，「可是代價也不少。」

馬里坦又苦笑著：「你看，那麼多的名瓷全都打碎了，還有那張地氈，當然也沒有用了。」

「可是，」那個尖銳的聲音諂媚地說：「你使東方三俠倒下了！你準備怎樣處死他們呢？要不要等他們醒過來？」

「當然不！」馬里坦猶有餘悸，「哪一個是木蘭花？」

「在這裡！」那尖銳的聲音說：「木蘭花在這裡。」

馬里坦向木蘭花走過來，木蘭花的精神陡地一振，心中興奮地叫道：「機會來了！」

她動也不動，一聲也不出，但是她的全身卻緊張得如拉緊了的弓弦一樣。

馬里坦來到木蘭花的身邊，停了下來。

「可惜得很，」木蘭花看到馬里坦在搖頭：「她真是十分傑出的人才，如果她加入我們的俱樂部，我深信，我們在遠東方面的發展，只怕更在歐美之上！」

「可是她卻不識抬舉！」那尖銳的聲音回答。

「所以我說可惜，我要親手殺死她！」馬里坦慢慢地舉起了手槍。

也就在這時候，木蘭花倏地睜開眼來，她亮忽忽的大眼睛向馬里坦瞪了一下，馬里坦陡地一呆，木蘭花已揚起一團碎瓷片，向他的面部射去，馬里坦的面上立時鮮血四射。

木蘭花的身子是疾彈而起的，她左掌掌緣敲向馬里坦的左腕，將馬里坦的手槍敲落，接著右掌一揮，將槍抓到手中。

然而，她剛才所經歷的旋轉實在太劇烈了，所以當她以迅雷不及掩耳的手法奪到了手槍之後，她雙腿一軟，人又坐倒在地。

然而，她的槍口卻及時一歪，「撲」地一聲響，子彈擊中和馬里坦一起走進來的那個男子左腿，那男子立時撲跌在地。

木蘭花並不耽擱，槍口又對準馬里坦。

馬里坦目瞪口呆地望著木蘭花，他實在不能相信，木蘭花居然能夠忍受三十分鐘天旋地轉，而仍然保持清醒。

木蘭花立時身子一挺，又站了起來，她長長地吁了一口氣，說：「男爵閣下，你的部下將美國太空人的忍耐力估計得太低了！」

長里坦面上的肥肉在簌簌地抖著，木蘭花一伸手，抓住他的手腕，將他的手臂扭到了背後，這才說：「你還不下令救醒高翔和穆秀珍麼？」

「好，我下令，可是小姐，『雷庫號』的巧妙，你還未曾真正領教呢！」

馬里坦雖然力充鎮定，但是木蘭花卻聽出他的聲音在發抖！

在馬里坦的命令下，兩個人走進來，在高翔和穆秀珍的臉上噴上烈酒，又在他們的鼻端滴上一些阿摩尼亞。

4 夤夜雨戰

高翔和穆秀珍先後醒過來，但是他們的面上還是十分蒼白，而且現出一片迷茫而痛苦的神色，兩人轉著頭，四面看著，過了三四分鐘，穆秀珍才叫道：「蘭花姐，我們在哪裡？」

「我們還在那個旋轉艙中。」

高翔一躍而起，但是他剛一躍起，身子一側，又跌倒地上，他再躍了起來，扶住艙壁，總算看清眼前的情況。

「秀珍！」高翔高興地叫著，「不要緊了，蘭花又占上風了！」

穆秀珍也站了起來，跌跌撞撞，到了馬里坦的面前，身子一俯，幾乎撞到馬里坦的身上，她想指著馬里坦的鼻子講話，可是指來指去，卻總是指不正馬里坦的鼻尖，她罵道：「你這傢伙，暗箭傷人，卑鄙之極，你是骯髒的小人。」

馬里坦面色鐵青，一言不發。

木蘭花推著他向前走出一步，說：「走出這個船艙，到甲板上去！」

木蘭花手中的槍緊緊地抵著馬里坦肥厚的背部。

馬里坦知道自己的手槍殺傷力十分強大，他不敢想像木蘭花開槍的話，會有什麼後果，他只得挪動身子，向外走去。

馬里坦和木蘭花走到甲板上，高翔和穆秀珍也跟了上來，到了甲板上，給海風一吹，三人的精神都為之一振。

「三位，」馬里坦的聲音不再鎮定了，雖然在這艘「雷庫號」上，還有許多精巧之極的裝置，但在這種情形下，他卻沒法子再用來對付木蘭花等三人，「三位，我準備放棄向遠東擴展的計畫，你們認為怎樣，我可以保證。」

「最好的保證就是將你送到監獄去！」

「這……這不是太過分了麼？」

「少廢話，快吩咐準備快艇，船上一定配備有快艇的，是不是？」木蘭花直將馬里坦推到了船舷的邊上，才發話問他。

甲板上，到處是人，約略看去，至少有五十多個人，有幾個彪形大漢，看來更是凶神惡煞，十分駭人，一望便知是精通武技的高手。

但是馬里坦在木蘭花的手中，這些人只是木偶也似地站著，沒有人敢亂動，也沒有人敢出聲，木蘭花擒賊先擒王的計畫終於成功了！

馬里坦啞著嗓子，叫了幾聲，兩個人揭開一塊油布，將油布下面的一艘快艇，慢慢地向海中推去。

「你們聽著！」木蘭花沉聲道：「你們的首領在我手中，任何人妄動的話，他就立即沒命，只要我們回到市區，我可以保證他沒有性命之憂。」

木蘭花推著馬里坦走下了繩梯，穆秀珍跟著，高翔殿後，四個人一齊落到了快艇中，高翔立時發動引擎，快艇的艇首向前昂起，如同野馬在草原上奔馳，捲起一股股的水花，在海面上擊起無數白色泡沫向前駛去。

不到三分鐘，「雷庫號」已經看不見了。

直到這時候，木蘭花才鬆一口氣。

「高翔，你將他身上所有的東西——包括每一個鈕扣在內，全部除下，拋入海中。」木蘭花向高翔招了招手，「他身上的每一樣東西，都可能是一件武器或者是通訊器材，留在他身上，他就有逃脫機會！」

馬里坦的胖臉變成可怕的灰色。

高翔不到五分鐘便除下他身上的一切：皮帶扣、鞋跟、鈕扣、手錶、戒指等等，在他的頭髮中，找出一個如一角硬幣大小的東西，在他的胸口一塊肉色的膠布下，找出一具極小型的長距離無線電通話器和一具無線電跟蹤儀。

只要有一件東西，紅衫俱樂部的同黨就可以知道他們的首領在什麼地方而設法跟蹤，展開救援行動，搭救馬里坦。

等到全副「武裝」被解除後，這個陰森、狠毒的紅衫俱樂部主席馬里坦男爵，便成了一個提住褲頭的可笑胖子！

穆秀珍一面掌握著快艇，一面回頭望著馬里坦，暗暗地笑著，好幾次幾乎令得快艇失去控制，翻沒在海面上。

他們認定了方向，一直向前駛著，不一會，便看到有兩艘水警輪向前駛來，迅速地接近快艇，水警輪正是方局長派出來的。

當穆秀珍等三人和方局長見面時，水警輪已經開始收隊，因為木蘭花俘虜馬里坦的消息，已傳遍了整個警局。

登上水警輪後，方局長立即緊緊地握著木蘭花的手，方局長身後一個警官討好地說：「局長，這次你可以升任全國警務總監了！」

「胡說！」方局長十分嚴厲地斥道：「這是木蘭花小姐的功勞，我們正應該感到慚愧才是，還好意思自己來居功麼？」

那警官不敢再說別的，又恭維了木蘭花姐妹幾句，才訕訕地退了開去。水警輪靠岸時，岸上已布下最嚴密的戒備，防止有人來救助馬里坦。

在審訊的階段中，整個警方都緊張得透不過氣來。最好的律師從歐洲飛來，為馬里坦辯護，但是終於因為證據確鑿，他因為「唆使綁架」，「聚黨行凶」等罪名，被判有期徒刑十五年。

當木蘭花姐妹在法庭上作證人的時候，是這件案件的最高潮，千千萬萬的市民湧向法庭，要一睹屢次為民除害的女黑俠木蘭花風采！

馬里坦琅璫入獄，這是一件轟動世界的大新聞，當馬里坦入獄後，警方總算鬆一口氣，這件事情似乎已經了結了。

但是事實上，卻並不如此。

在馬里坦被判有罪的那一天後的第七天，自半夜起就下著大雨，到了清晨時分，雨下得更大，木蘭花和穆秀珍正在沉睡中。

突然，急驟的電話鈴聲，將兩人吵醒了。

穆秀珍翻了一個身，用被子蓋住了頭。木蘭花抓起電話筒，高翔的聲音大得立即可以聽到：「蘭花！蘭花！馬里坦越獄了。」

木蘭花睡意頓消，一翻身坐了起來。

「怎麼一回事？沒有特別的監管麼？為什麼會被這樣重要的要犯越獄？」

「有特別的看管，而且還是個別監禁的，可是他……他卻不見了，囚室的門還鎖著，沒有人看到他有什麼異動，可是他卻不見了，」高翔的聲音顯得十分惶急，「我看這件事件太神秘了，蘭花，你願意到監獄的現場來看一看麼？」

「神秘？」木蘭花嘆了一口氣，「一點也不神秘。」

「你知道他是怎麼越獄的麼？」

「是的，有錢能使鬼推磨，他是堂而皇之地走出去的，這有什麼神秘？」

「你……你是說……」高翔一陣氣結，說不下去。

「什麼？」穆秀珍大叫著跳起來，「那胖子逃走了？這……太豈有此理了。」

「唉！」木蘭花放下電話，望著打在窗上迸成一朵朵奇妙的水花雨點，「金錢的誘惑力量實在太大了，我想紅衫俱樂部──」

木蘭花才講到這裡，突然停了下來。

風聲、雨聲和海濤聲交織成一片，可是在那些自然的聲音之中，木蘭花還聽到她們的鐵門處，有「啪」地一聲傳了出來。

木蘭花連忙拉開窗簾的一角，向外看去，她看到了七八條黑影，正迅速地向她們的院子中翻進來。

木蘭花連忙一拉穆秀珍，兩人一齊躲進衣櫥中，在衣櫥上，有一面大的穿衣鏡，可是在衣櫥中望出來，那面鏡子卻是一塊玻璃，外面的情形一目了然。

她們剛躲進去不久，臥室的門口便發出了輕微的「卡察」一聲，如果不是高翔的電話先將她們吵醒，那一下輕微的聲響夾在風雨聲中，是絕不會驚醒她們的。

繼那一響之後，房門被推開了！

兩條大漢，動作敏捷得像猿猴一樣跳了進來。

「撲撲撲撲」，一連七八下響聲，聲音十分低沉，七八條驚心動魄的火舌掃向她們兩人的床上，躲在衣櫥中的木蘭花和穆秀珍，不禁暗抽一口涼氣！

那兩條大漢各放了四五槍，立時便退了出去。

「怎麼樣？」門外一個聲音問。

「當然完成了，快走！」

「看到屍體了麼？」

「每個人中了四槍，還要看屍體麼？」

「快進去檢查！」那聲音十分嚴厲！

「好！」回答的聲音卻是十分不願意。

木蘭花和穆秀珍作了一個手勢，令她繼續守在櫥中，她悄沒聲地推開櫥門，向外躍去，站在門後，房門立即又被推開來，一個人跨了進來。

那人才跨進一步，木蘭花重重的一劈，已擊中他的後腦，那人便無聲地向下倒去，木蘭花一矮身，伸手將他扶了一扶，令得他倒地時不發出聲響來，同時，將那人手中的槍接了過來，她向櫥門揚了一揚，穆秀珍將門推開，木蘭花拋過槍去。

穆秀珍伸手接住了槍，立時又關上了門。

過了一分鐘，房門外有人道：「他媽的，究竟怎樣？」

木蘭花粗著喉嚨，含糊答應了一聲，那人和剛才那個人一樣，才一進來，就被木蘭花擊倒和奪走了槍，然而這一次，門外也知道發生變故了。

「撲撲」兩聲響，兩顆子彈穿進門來，在木蘭花的頭頂飛過，木蘭花立即隔門還了兩槍，她聽到有人慘叫著滾下樓梯去的聲音。

木蘭花向後退，穆秀珍也從櫥中走出來，兩人退到了浴室中，密集的槍聲已將她們臥室的門射成了蜂巢一樣。

有兩個人推開門，企圖衝進來。

但是他們的人影才閃了一閃，穆秀珍「撲撲」兩槍，便將他們打得滾倒在地，木蘭花推開窗子，大風大雨橫潑了進來。

木蘭花向外看去，外面並沒有人，所有的人顯然都攻進了屋來，她一面向外連開幾槍，一面招呼著穆秀珍，兩人一齊翻窗而出。

她們不是沿著水喉爬下，而是跳下去的。

她們剛一著地，只聽得「轟」地一聲巨響，濃煙和火舌自她們臥室的窗口中冒出來，穆秀珍握緊拳頭，正想要破口大罵，但木蘭花拉著她，冒著大雨，她們翻過圍牆。

木蘭花掠了掠頭髮，雨大得幾乎什麼都看不清，這對她們來說，是十分不利的，因為她們不知道敵人方面來了多少人。

她們越過馬路時，又聽到了「轟」地一聲響。

兩人轉過頭去，又看到火光連閃，她們的屋子已被炸去了一小半，接著，幾輛汽車在暴雨中，疾馳開去，穆秀珍連開幾槍，其中一輛陡地一個轉側，衝出了路面，滾出了懸崖，一路翻滾著，竄著火焰，直跌到了數百呎下的山坑中。

而其餘幾輛汽車，則以極高的速度駛遠了。

不到五分鐘，「嗚嗚」的警車聲迅速地傳了過來，兩輛警車以最高速度衝到木蘭花住所的門口。

而這幢精緻的小洋房，這時正在雨中燃燒。

「我們可以過去了。」木蘭花拉著穆秀珍衝過了馬路，她們看到高翔自警車上飛撲而下，正待衝入火海中。

「高翔，我們在這兒！」穆秀珍連忙揚聲高叫著。

高翔轉過身來，雨水打在他的臉上，他張大了口，毫無意義地叫著，衝了過來，將穆秀珍緊緊地抱了起來。

穆秀珍敲打著他的背脊，叫道：「你想死了，還不快放開我麼？」

高翔喘著氣，說：「我太高興了，太高興了，當我遠遠聽到爆炸聲和看到起火時，我以為你們已遭到匪徒的毒手了。」

「如果不是你那個電話吵醒我們，」木蘭花走過來，「那我們一定已經不在人世了，紅衫俱樂部的匪徒，的確比任何我們接觸過的歹徒都狠毒！」

「你們的住所——」高翔指著還在冒著火焰的房屋，搖頭嘆息，匪徒是以化學燃料來縱火的，所以在大雨中，青白色的火焰仍像毒蛇的蛇信一樣，「嗤嗤」地向高處冒著。

「死匪徒，賊胖子！」穆秀珍沒口地罵著：「你將被抽筋剝皮，我和你誓不兩立。」

「秀珍，我們先離開這裡吧！」

「到我家中去暫住幾天可好？」高翔提議。

「不，我們非但不去，連你也不能回去，回去的話，只是自投羅網，試想，他們公然炸屋，放火，這樣猖狂地來對付我們，難道肯放過你麼？」

高翔深深地吸了一口氣，和木蘭花、穆秀珍一同坐上警車，木蘭花和穆秀珍兩人向還在焚燒的屋子投了無限惋惜的一瞥。

這幢房子她們住了很多年，每一吋地方都經過她們兩人悉心的佈置，每一件小擺設，在購買的時候都經過仔細揀擇。但是如今，卻付諸一炬了！

使木蘭花更覺心頭沉重的事，倒不是她們的住所毀去了這一件事，而是紅衫俱樂部的匪徒竟然如此之猖狂，如此之明目張膽！

看來，他們要向遠東擴展勢力，是勢在必行的了。

如果這個擁有第一流騙徒、偽冒犯、走私犯的大罪惡組織，它的勢力真的侵入東方的話，那麼受它所害的人又會有多少？

當警車疾馳而出的時候，木蘭花只是沉思著，她甚至不擰乾濕衣，任由雨水順著髮尖向下滴著，高翔取過一條乾毛巾，說：「蘭花，你抹抹。」

木蘭花接過了毛巾，她和高翔四目交投，高翔的眼中充滿了深情，木蘭花心中暗忖，警方的力量本來是夠大的了，然而，警方高級人員的背叛事件不止發生過一次了，這一次，馬里坦又能「神秘」越獄，警方的組織不夠健全，已是毫無疑問。

相形之下，敵人的力量是不是會反而大得多呢？

她默默地抹著濕髮，一句話也不說。高翔則全神貫注地望著她，他口唇掀動的情形，像是想和木蘭花說什麼話，但是卻沒有出聲。

他們兩人各有著心事，只有穆秀珍無聊地望著窗外。

雨大得幾乎什麼都看不清楚，車窗全關起來了，但是還有小水珠滴進來，穆秀珍心想，應該到市區了，為什麼一點燈光也看不到呢？

她將臉貼在玻璃上，突然，她看到路邊一塊指示牌上的里程，表示他們的車子正向著遠離市區的十一哩處駛去！

穆秀珍陡地一怔，轉過身來。

他們所坐的警車是高級警官在緊急行動時所坐的，在後座座位和前面司機之間，隔著隔音玻璃，是要對講機才能通話的。

那司機穿著警察制服，但是臉上卻是漠然沒有表情，穆秀珍還看到車速表上的指針是在六十五的高速上。

「高翔，」穆秀珍突然叫道：「我們要到哪裡去？」

高翔和木蘭花兩人陡地從沉思中驚起，高翔一揮拳，便打破了車子中間的那塊玻璃，叫道：「你將車子駛向何處去？」

高翔一擊碎玻璃，車子便發出了一下難聽之極的聲音，停了下來，由於車子停得極其突然，路面又滑，車子打起轉來。

高翔的身子向前一衝，額角撞在碎玻璃上，一縷鮮血立時流出，而那個司機已打開車門，向黑暗之中跳了出去。

高翔陡地一挺身，他幾乎是立即取出了佩槍，立時開槍，那司機還未落地，已然中槍，身子在半空中猛地一挺，滾跌在地上。

高翔爬到前面的司機位，關上車門，正待繼續開車之際，突然射來八道強烈的光芒，四輛大卡車迎面駛了過來。

高翔踩下油門，立即來了一個大轉彎，可是前面也有四輛大卡車，亮起車頭燈疾駛過來，八輛大卡車要將他們的車子壓扁在路中心。

高翔、木蘭花和穆秀珍三人又掉進了一個陷阱中，而他們事先一點準備也沒有！

高翔一手握著駕駛盤，一手握著槍，他額頭的傷口滴著血，他緊緊地咬著牙，車子向前飛馳，迎著大卡車而去。

他在離大卡車還有二十碼，大卡車的車頭燈照得他雙眼幾乎睜不開來的時候，突然開槍。

從前面傳來驚心動魄的撞擊聲，高翔仍是一手握著駕駛盤，打亮了車頭燈，使他看到前面四輛大卡車已撞成了一堆。

他所操縱的車子，在他超凡的駕駛技術下，幾乎已成了他身體的一部分，在兩輛被毀的卡車之間，倏地穿過去！

「好！」穆秀珍緊緊地握著拳，叫嚷著。

可是，她的叫聲還沒有完，路旁的槍聲過處，兩粒子彈呼嘯著射來，將車前玻璃射碎，碎玻璃隨著風雨湧進車內。

高翔的面上被碎玻璃劃破了好幾處。迎面而來的狂風暴雨令得他窒息，使他幾乎不能繼續駕駛，然而後面卻又有車子追上來，高翔伸手向車後的座墊指了指。

木蘭花立即會意，掀起了座墊，座墊下有一柄手提機槍和一盒子彈！木蘭花以最快的動作，裝上了子彈向後狂掃！

驚心動魄的風雨，震天動地的槍戰，高速的快車，將他們三人的神經拉得如同繃緊了的弓弦一樣，高翔勉力地駕駛著車，只有回到市區去，他們才會安全，因為他們不知道被多少匪徒追擊著。

終於，前面出現了燈光，那是一個加油站。

高翔將車子停在加油站前面，三人一齊跳下車，加油站的職員見到他們三人從警車躍下，錯愕得目瞪口呆。

高翔立即以電話和警方聯絡，警方也正在尋找突然失蹤的高翔，不到兩分鐘，附近的警車已接到無線電指令，將高翔，穆秀珍和木蘭花三人接到警局。

在換過乾爽的衣服和略事休息後，他們三人參加了一個由方局長和其他幾個高級警務人員參加的秘密會議，商討對付「紅衫俱樂部」的辦法。

木蘭花在聽取了方局長的報告，說明警方要採取的一連串措施後，十分冷靜地說：「方局長，我認為馬里坦在越獄後，第一個要對付的，就是我、秀珍和高翔三個人，在未能除去我們三個人之前，他們要擴展勢力的工作是不會進行的。」

「是，警方將盡一切力量來保護你們。」方局長說。

「不，我的意思和你不一樣——」木蘭花以手指輕輕地敲著桌子，「我們不應該在嚴密的保護下，反而要暴露行蹤，引誘對方來攻。」

「說得是！」穆秀珍激動「砰」地在桌上敲了一下。

「蘭花，」方局長沉聲說：「不行，如今匪徒並不是要俘虜你們，而是要殺害你們，你們在明，他們在暗，這不是太危險了麼？」

「你放心，我們會自己照顧自己的，我只請求你答應一件事情。」木蘭花鎮定地說著，雙眼炯炯有神，充滿了堅定的信心。

「什麼事？」

「在我們對付紅衫俱樂部的匪徒期間，你授權高翔指揮全市警察力量，調度全市任何警務工作人員的權力，可以麼？」

「嗯——」方局長略為考慮一下，便說：「可以，我可以立即簽署這一分文件，用最快的方法通知各有關人員。」

「那就好了。」木蘭花站了起來。

她一面站起，一面向高翔和穆秀珍兩人施了一個眼色，兩人也跟著站起，木蘭花說：「我們不必再參加會議了，請允許我們單獨行動。」

「好，請便。」方局長也站了起來。

他們三人一齊退出了會議室，高翔低聲說：「我們到何處去？」

木蘭花沉聲說：「你的辦公室！」

三人走在寂靜的走廊上，外面的風雨聲仍是隱隱可聞，高翔沉聲說：「蘭花，我明白你要單獨行動的意思，因為警方的內奸太多了！」

「是的，但是我相信經過這一次事件後，只怕所有的內奸都難免要暴露他們的身分了，高翔，你將肩負起整頓警務工作的重任來，你應該建議設立警官學校，訓練優秀的年輕人，使他們成為真正為民除害的好警官！」木蘭花說得十分沉痛。

「唉，」高翔嘆了一口氣，「我又何嘗未曾想到過這一點，可是在進行的時候，卻會遇到種種舊勢力的阻礙！」

「所以，這次紅衫俱樂部的匪徒大舉來犯，大舉收買警方的腐敗分子，倒未始不是一件好事！」木蘭花說。

三人來到高翔的辦公室，木蘭花先貼耳在門上傾聽了片刻，這才向高翔點了點頭。高翔取出鑰匙，將門打開。

三人走進去，木蘭花又說：「我們即使在警局中，也不是安全的，高翔，你將武器先找出來，我們必需進行自衛。」

高翔打開了一個鋼櫃，櫃中有著各種各樣的武器，三人揀了一些輕便可以攜帶的，帶在身邊，又穿上防彈背心。因為如今的情形，正如方局長所說的那樣，他們在明，敵人在暗，他們是十分危險的，所以要儘量從壞處設想。

穆秀珍一直在憤然自語：「哼，縮頭烏龜，不知躲在什麼地方，要是我們可以找到他們，那麼，砰砰！一定要你的命！」

她一面說，一面拋著手中的左輪手槍，熟練地將子彈輪彈開，退出子彈，又上上子彈，這些她全是用一隻手來進行的，那表示，如果她雙手持槍的話，那麼她就可以不斷地發射，而無需因為上子彈而耽擱時間。

穆秀珍所說的雖然是氣話，但是木蘭花卻聽出其中大有道理。馬里坦越獄後，他自己當然藏匿起來，不會再出面的了。而派來暗殺她們的，全是一些嘍囉，可能全是臨時用金錢收買的歹徒，這些歹徒，平時恨透木蘭花等三人，但是又不敢惹他們，如今有「紅衫俱樂部」這樣的匪黨撐腰，又有鉅額金錢可收，如何還不風起雲湧來生事？

在那樣的情況下，即使對付一百次來犯的人，對馬里坦還是絲毫無損，所以要對付馬里坦，必定要先摧毀他的總部。

木蘭花深信，馬里坦的總部仍然在「雷庫號」上。但，「雷庫號」如今在什麼地方呢？

「高翔，」木蘭花想了一會，抬起頭來，道：「警方有多少架搜索機？我不是指直升機。」

「設備完善的，只有一架。」

「有遠距離望遠鏡設備嗎？」

「有的，飛機在三千呎高空通過望遠鏡俯視海面的話，可以看到從海水中躍上來的銀魚，也有攻擊設備——」

「我們無需用到攻擊設備，你通知警方，準備這架飛機，還要三套潛水設備，三套降落傘，我們要用。」

「蘭花姐，」穆秀珍興奮得漲紅了臉，「我們可是要去尋找那艘漁船麼？」

「是的，」木蘭花在她的肩頭上輕輕地拍了拍，「我們將要做的事情太多，所以你還是休息一會，以免行動起來沒有精神。」

高翔下達了命令後，三人在高翔的辦公室中假寐片刻，等到天色微明時分，機場上報告說，一切已準備好。

等到他們來到機場，已是清晨，暴雨過去，萬里晴空，襯透出一輪紅日，是一個十分適宜飛行的日子，木蘭花自己又花了半個小時，親自檢查飛機機件，直至這架可以在海面上起飛和降落的搜索機完全沒有問題，可供安全飛行時，三人才一起登上飛機。

十分鐘後，他們已飛到蔚藍遼闊的天上。

朝陽的光芒矖在碧油油的海面上，搜索機在飛出公海後，便不住地在上空作環繞式盤旋，而盤旋的圓圈，直徑不斷擴大。

用這種方法飛行，再加上遠距離望遠鏡，他們可以發現每一艘在海面上駛行的船。

他們的搜索機飛得很高，是以自上而下看來，幾乎每一艘船都像停在海面上不動。

負責觀察的高翔，特別注意漁船，因為「雷庫號」是以一艘漁船改裝而成的，在飛機離開公海六七浬的時候，他看到一大群漁船。

在那群漁船中，有兩艘漁船和「雷庫號」差不多大小，但顯然不是「雷庫號」，因為高翔可以清楚地看到甲板上漁民正在工作，將一簍又一簍的魚倒入艙中，魚兒在陽光下蹦跳著，發出一閃又一閃銀色刺目的光輝來。

飛機繼續向前飛去，高翔雙眼湊在望遠鏡上，對海面上任何細小的東西，他都不肯放過。

幾乎是突如其來地，他看到了「雷庫號」！

那的確是「雷庫號」！

高翔的身子震了一下，低聲說：「發現了！」

木蘭花「嗯」地一聲，一拉操縱桿，飛機反倒向上升去。

穆秀珍忽說：「蘭花姐，已經發現『雷庫號』了，快飛低些看清楚。」

「秀珍，你怎知船上沒有高射武器！」

木蘭花只說了一句話，穆秀珍便無話可說。

高翔小心地調整著望遠鏡的焦點，「雷庫號」在他的眼中看得更清楚了，他可以看到甲板上的一切情形。

「怎麼樣？船上的人發現我們了麼？他們在做什麼？」心急的穆秀珍，連珠炮也似地向高翔發問著，可高翔卻一聲不出。

足足過了兩三分鐘，高翔才抬起頭來，揉了揉眼睛，說：「秀珍，你來看看，『雷庫號』上的人似乎……都已經死於非命！」

「死了？」不但穆秀珍感到奇怪，連木蘭花也立時低呼一聲，穆秀珍連忙湊在望遠鏡前，「雷庫號」就在他們的左下方。

穆秀珍看到船身幾乎是停在海面上不動。她也看到了甲板上橫七豎八躺著不少人，這些人躺在甲板上，一動也不動，而在他們身旁，似乎有著已經凝固的血液。

整艘船籠罩在死亡和神秘的氣氛之中！

5 雷庫驚魂

穆秀珍看了沒有多久，便抬起頭來。

她還未曾說話，木蘭花已經將駕駛飛機的工作交給高翔，她從望遠鏡中觀察著「雷庫號」，看到的情形也是一樣。

她點算著甲板上的人，大約有三十來個，有的人手中似乎還握著武器，船身在緩緩前進中不時傾側，表示這艘船根本已失去操縱了。

若不是船上的人完全死去，那麼大的一艘船，又怎會失去了操縱？這究竟是怎麼一回事？究竟發生了什麼事？

木蘭花雙眼仍湊在望遠鏡上，她向高翔做了個手勢，高翔將飛機的高度降低，飛機繞著「雷庫號」盤旋，離海面只有一千五百呎的時候，甲板卜的情形看得更清楚了！

那景象簡直是地獄，三五十個死人，各人有各人的死法，但是慘劇似乎發生不久，因為每一個人的血還在半凝結狀態中，木蘭花可以肯定，甲板上沒有一個活人！

這時候，就算不通過望遠鏡，也可以憑肉眼看出船上的情形。木蘭花滿面都是疑惑的神色，在她的一生中，不知曾遇到過多少怪事，像如今的怪事，卻是罕見的。

木蘭花無法想像為什麼「紅衫俱樂部」的總部會出現這樣的慘事，是火拼麼？是馬里坦在懲罰部下麼？是他們遇到敵人麼？

這一切，似乎都沒有可能。

然而眼前事實卻是血淋淋的，有那麼多的死人在「雷庫號」的甲板上，而「雷庫號」又顯然是沒人操縱，只是在海上漂流。

木蘭花還在沉思，穆秀珍卻已忍不住說：「蘭花姐，我們該在水面上降落，用橡皮艇追上去，實地去視察一下。」

「嗯，這個……」木蘭花還在猶豫著。

眼前的事情太奇怪，凡是太奇怪的事情，在未曾找出切實的原因前，總是小心對付的好——這是木蘭花行事的信條，也是為什麼她總會成功的原因。

木蘭花絕不是超人，只不過她行事大膽、心細，對每一個可能發生的事，都經過周密的考慮，所以事情的發展往往在她的意料之中，她自然不會失敗。

「蘭花，你可是疑心這些人是在裝死麼？」高翔問。

「有可能，我已注意到一個人，他的眼睛睜得老大，已有五六分鐘未曾眨一下，如果是裝死——」

木蘭花才講到這裡，穆秀珍已猛地一擊掌接了上去，說：「那是絕不可能的，誰能夠五六分鐘不眨一下眼睛，當然這些人全是真死人。」

「秀珍，」高翔轉過頭來，「為什麼雷庫號上的人會全死了，你可說得出所以然來麼？」

「誰知道！」穆秀珍對高翔也這樣慢吞吞的行事感到十分不滿，嘟起了嘴，說：「下去一看，不就明白了麼？」

「好。」木蘭花站起來，「準備下降，但是我們要小心，飛機要降離雷庫號一百碼處，別太接近。」

「是！」高翔答應了一聲。

搜索機身傾斜，向下飛去，迅速地接近海面，木蘭花仍然在望遠鏡中觀察著雷庫號，突然之間，她覺得雷庫號正在向著飛機掠下的方向迅速地移動著，絕不像是沒有人操縱模樣，木蘭花急叫道：「起飛，升高，快升高！」

高翔正準備以他熟練的駕駛術，使得飛機如同燕子掠水也似的在水面上滑過降落，他突然聽得木蘭花這樣吩咐，連忙拉動控制桿，機身震動一下，向上攀升。

但是已經遲了！

木蘭花在望遠鏡中，清晰地看到「雷庫號」的甲板突然翻過來，那些「死人」全部不見了，甲板翻過來後，是四座藍殷殷的高射機槍！

木蘭花知道，這種高射機槍的射程，可以遠達三千呎左右，而他們的飛機，因為已準備降落的關係，離海面只有六七百呎了！

這時候，穆秀珍從窗中望下去，也看到「雷庫號」上突如其來的變化，她尖聲叫道：「死人，死人不見了──」

她才叫出一句話，密集的高射機槍聲已經響起來，子彈如一窩蜂也似地向上竄來，穆秀珍只覺得機身一陣震盪。

剎那間，她再向外看去，已什麼都看不到了，不要說「雷庫號」，連蔚藍的大海，萬里晴空都看不到了，她只看到火焰和濃煙，機翼下的油箱已中彈，開始燃燒。

飛機被擊毀了！

穆秀珍陡地跳起來，她一躍起，又是一排子彈呼嘯著在她的頭上掠過，濃煙已撲進機艙來，什麼也看不見，只覺得驚天動地的聲音在迴盪著，地球的旋轉速度幾乎快了一萬倍，穆秀珍想大叫，但是一點聲音也發不出來。

她只是雙手亂舞著，突然間，像是抓到了一個人的手臂，緊接著一股強大的勁風撲過來，撲散了濃煙，她看到海，海水竟離得她如此之近，那是她萬萬意想不到的，她還未決定是不是往下跳，有人在她的身後猛然推了一下。

穆秀珍抱著頭，從烈火包圍的機艙中跳出，她迅速插入清涼的海水中，她一到海水中，睜開眼來，只覺得那是一場惡夢！

海水中起了一陣震盪，無數白色的氣泡向上升起，搜索機的殘骸也跌到水中，穆秀珍在海水中，可以看到海面上的火光。

汽油浮在海面上，還在繼續燃燒！

接著，穆秀珍看到一個人，在自己的左方，向前游了過來，穆秀珍迎上去，兩人在海中相遇，那是高翔。

高翔的左頰上，滲出一絲一絲的鮮血來，他顯然已受了傷。穆秀珍一見到高翔，一時之間，竟忘記自己是在海中，她張大了口，想要叫高翔，可是才一開口，又鹹又苦的海水已向口中湧來，高翔一把握住她的手臂，向上指了一指。

兩人一齊游出十來碼，向水面上升來。

水面上的烈火已漸漸熄滅，海面上浮滿了五顏六色的油斑，穆秀珍才一冒出水面，便叫道：「蘭花姐呢，蘭花姐呢？」

高翔並不出聲。

他並不是不想回答穆秀珍的話，而是他一升上水面，便看到四周圍的情形，他一時之間，覺得一句話也說不出來！

「雷庫號」就在他們的不遠處，而十來艘快艇已經飛快地向他們駛來，形成一個圓圈，將他們兩個人圍在中心。

每一艘快艇上，都有人持著手提機槍。

最前面那艘快艇的艇首，站著一個穿著一件鮮紅色上裝的胖子，他所發出的笑聲，夾在快艇的引擎聲中，聽來更加刺耳。

那胖子就是馬里坦！

穆秀珍只問了兩聲，便看到眼前的情形。

她緊緊地握住高翔的手，也覺得一句話都講不出來，她耳際只覺得嗡嗡直響，蘭花姐呢？蘭花姐，她……她在什麼地方？

她是不是也及時從燃燒中的機艙中跳出來？如果是的話，那麼她為什麼還不浮上海面來？她沒有潛水設備，怎能在水中久留？

穆秀珍只覺得天旋地轉，似乎比剛才身在燃燒的飛機之中尤甚。她只是依稀聽得高翔用十分沉痛的聲音在她耳際說：「秀珍，堅強些，你是一個堅強的女孩子，秀珍，堅強些！」

穆秀珍在心底深處低低地叫道：「不錯，我要堅強些，不論怎樣，我都要堅強地挺著，絕不能就這樣倒在敵人面前！」

她定了定神，睜開眼來。那十來艘快艇已經停止前進，排成了一個約十碼的圓圈，將他們兩人圍在當中，馬里坦的笑聲更加來得刺耳。

其中一艘快艇中，有人拋下一條繩子來，馬里坦得意地說：「快抓住繩子上來吧，浸在海中的滋味，只怕不怎麼好受。」

高翔和穆秀珍兩人抓住繩子，但他們兩人全是一樣的心思，他們抓住繩子後，猛地身子向後一仰，用力一拉！

那一拉，將在快艇上握住繩子的兩個大漢，拉得「撲通」地跌進海中！

馬里坦又怪笑起來，說：「你們已一敗塗地，還作垂死掙扎，那不是太可笑了麼？」

「放屁！」穆秀珍的聲音嘶啞，還是大聲地罵著：「總有一天，到你惡貫滿盈的時候，你才會叩頭求饒哩！」

「穆小姐，要我提醒你一件事麼？」馬里坦仍笑嘻嘻地說：「我們這裡每一個人，都看到飛機墮海之際，只有你和高翔兩人從機艙中跳出來！」

高翔和穆秀珍兩人只覺得一陣心寒，忍不住發起抖來。木蘭花沒有躍出機艙，那麼她當然是隨著飛機沉向海底去了，這……

他們兩人簡直沒有勇氣再向下想去。然而，馬里坦殘酷的聲音，卻逼得他們向下想去。

「木蘭花在機艙中，和飛機的殘骸一齊沉下海底，你們想，她活著的可能是多少？」馬里坦拍著他的大肚子，尖聲問。

她活著的可能是多少？這實在是一個任何人都可以明白的問題。當飛機下墜時，燃燒劇烈的程度幾乎達到真空狀態，一墜入海中，海水湧進近乎真空的艙中，雖然火立時熄滅，但是海水湧進機艙的那股衝力……

木蘭花可以活著的機會是多少呢？

穆秀珍難過得講不出話來。

「她永遠活著。」高翔沉痛地說：「她將永遠活在每一個人的心中。」

「哈哈，」馬里坦笑說：「就讓她永遠活在每一個人的心中好了，只要她不活在這個世上，那麼她就不能再和我作對了。」

高翔和穆秀珍兩人互望了一眼，在那一剎間，他們都有了決定，那決定就是：即使忍受著侮辱，他們也要活下去，為木蘭花報仇！

「你如今想怎麼樣？」高翔裝成一副無可奈何的神氣。

「我們到『雷庫號』上詳談，如何？」

「好！但不論你要我們怎樣，先要派人去尋找一下蘭花——」高翔吸了一口氣，說：「不論她……是死，或者還活著。」

「當然，我們會派人去找她的。」馬里坦一揮手，又有兩艘快艇駛了過來，艇上有十幾個潛水人，手中都有著水底發射的武器。

「我不能不承認木蘭花神通廣大，她可能沒有死，但是當我們的水底搜索隊開始搜索之後，她就算不死，也難以再活！」馬里坦得意地說著。

高翔和穆秀珍兩人望著那兩艘船全副潛水配備，而且還攜帶著水底發射武器的人，他們的心又陡地涼下來，涼得如同浸在冰水中一樣。

木蘭花是有著過人的應變力量，在尋常人幾乎沒有生存可能的情形下，由於應付得宜，她可能死裡逃生。但就算她隨著飛機跌下海去還沒死的話，遇到這二十個全副武裝的蛙人，那自然是萬無生理，這二十個人，足可以在海中對付一隊虎鯊，何況是一個人！

高翔忙叫道：「馬里坦，你……這是什麼意思，你不想木蘭花活著麼？」

「我當然不想！」馬里坦狠狠地說：「我對她已經完全絕望，我只希望她死，不希望再和她合作。這也是對你們兩人的教訓：別使我絕望！」

高翔和穆秀珍眼看著兩艇上的潛水人，一個接一個地跳到海中，他們每一個人，更配備有水中推進器，一到海裡，便像魚也似地游開，勢子之快，就算是魚兒也不過如此。

「你們還不上來麼？」馬里坦冷冷地催著。

高翔和穆秀珍兩人互望了一眼，兩人懷著比鉛還沉重的心情，向一艘快艇游去，那艘快艇是馬里坦指定他們游去的。

兩人一上快艇，快艇便向「雷庫號」馳去。

他們一齊注視著海中，海水十分清澈，甚至可以看到那些潛水人在水中活動的情形，然而轉眼之間，快艇便已接近「雷庫號」了。

在匪徒的武器指嚇下，他們兩人上了甲板。

馬里坦也走上甲板，高翔想接近他，出其不意地與之同歸於盡，但馬里坦顯然和一般的匪黨首腦不同，他身子肥胖，但是頭腦極其機靈，他絕不讓高翔和穆秀珍兩人接近他，在他的身旁，有五個大漢保護著他，使得高翔難以妄動。

「歡迎兩位再上『雷庫號』！」馬里坦笑嘻嘻地說：「並且希望你們從此以後聽從我的吩咐，認識到如果和我作對，那是最愚蠢不過的事情。」

「我們開始認識這一點了。」高翔忍著氣，「但是我們可以知道甲板上的死人，究竟是怎麼一回事麼？」

「當然可以，我們將是自己人了，是不是？」

馬里坦將「自己人」三個字，說得特別大聲。高翔和穆秀珍兩人「哼」地一聲，算是回答。

「我這艘船的設計，可以稱得上舉世無雙，你們看！」馬里坦陡地一揮手，只見幾塊甲板忽然翻過來，死人又七横八豎地出現。

即使是高翔和穆秀珍兩人站在甲板上，陡地看到眼前這種情況，也不禁吃了一驚。但是他們隨即看出，那根本不是真人。

木蘭花和他們三人在飛機上看到「雷庫號」的甲板上滿是死人，曾經想到過那些死人全是假裝的，但他們卻未曾想到，那些只不過是蠟像——製作得幾乎和真人完全一樣的蠟像，在甲板上看來，慘象是如此觸目驚心，似乎那種暗紅色的「假血」，也有濃洌的血腥氣撲鼻而來。

高翔和穆秀珍兩人呆了半晌，他們失敗了，他們不得不承認馬里坦非同凡響的計算，但是他們卻失敗得絕不心服。

他們之所以落得如今的處境，一則是為「雷庫號」上設置的巧妙，另一方面，當然是有奸細走漏了他們行動的消息！

如果不是馬里坦早已得到他們三人駕著搜索機來尋找「雷庫號」的話，他又怎會使用這巧妙的裝置，來誘得他們將搜索機飛到高射機槍的射程之內？

高翔和穆秀珍同時感到一陣內疚，因為當他們發現「雷庫號」甲板上的情形後，兩人幾乎毫不猶豫的便要降落看個究竟。

如果不是他們兩個，木蘭花或者會採取第二個辦法，而不會貿然地將飛機降低，送到高射機槍的射程裡去，那麼，木蘭花就不會——兩人想到這裡，只覺得一陣心痛。

馬里坦笑說：「怎麼樣，從這艘船上的佈置，你們便知道紅衫俱樂部是如何地不可抗拒了是不是？」

高翔和穆秀珍兩人仍不出聲。

有兩條大漢端過一張帆布軟椅來，馬里坦懶洋洋地坐下去，說：「我不想再浪費時間，你們兩人是否願意服從紅衫俱樂部的指揮？」

兩人的身子一震。

「我認為，」高翔想拖延時間，「我們先要休息一下，換上一件乾淨衣服，再來討論這個重要問題，你認為怎樣？」

「廢話，」馬里坦竟一口拒絕，說：「如果你們還不答應，我也不想多浪費時間了。」

「那麼——」高翔苦笑一下，「我是警方的高級人員，和你合作或者有用處，穆小姐只是平民，先將她送回去吧！」

「高翔，別在我面前弄什麼花樣，你和穆秀珍兩人，從今日起，便成為紅衫俱樂部的會員，你們若是答應，立即就舉行儀式，辦手續。」馬里坦頓了一頓，說：「如果不答應的話，那麼，你們就去步木蘭花的後塵，我絕不是真的希罕你們！」

馬里坦竟不容他們拖延時間，這令得高翔和穆秀珍兩人為難之極，他們面青唇白地站著，馬里坦冷冷地望著他們。

就在這尷尬的時刻中，只聽得快艇引擎聲飛快地傳近，一隊坐著潛水人的快艇向「雷庫號」駛近，一個潛水人除下鋼帽，興奮地叫道：「首領，木蘭花已經死了！」

馬里坦的身子挺了一挺，說：「是麼？」他聲音雖然像是若無其事，卻掩不住他內心的喜悅。

木蘭花死了！除去了這個對頭之後，自己便可以為所欲為了，馬里坦閉上眼睛，似乎已看到紅衫俱樂部的勢力在東方如火如荼地展開了！

「你們發現了她的屍體？」馬里坦問。

高翔和穆秀珍兩人緊緊地靠在一起。

他們要互相靠在一起，才能避免跌倒。在聽得那潛水人高叫木蘭花已死後，兩人的眼前只覺得一陣陣地發黑，天旋地轉。

「沒有，但那飛機的殘骸完全插入了海底的積沙中，沒有人可以活著出來，如果要看她的屍體，」那潛水人興沖沖地說：「只要將飛機吊起來就行。」

「不必了。」馬里坦表示滿意地揮了揮手。那一隊潛水人一個一個走上「雷庫號」的甲板上。

由於他們身上是全副的潛水配備，他們的腳步十分沉重，有的人早已將銅頭罩除去，有的人一面走，一面在除著銅頭罩。其中有一個人，步伐笨拙地向馬里坦走來。

「什麼事？」馬里坦瞪著那人。

「我在海底找到一樣東西——」那人一面說，一面用力地轉著頭罩，所以他的聲音聽來十分模糊，「首領一定有興趣的。」

「是什麼東西？」馬里坦又懶洋洋地在椅子上躺下來。

那人穿過兩個保鏢，來到馬里坦的面前，他已經掀起了頭罩，說：「就是這個，首領，你看到了沒有？」

那人已來到離馬里坦極近的前面，他一手掀起銅頭罩，一手向前伸去。

但是高翔和穆秀珍兩人都沒有看出他手中的是什麼，因為那人是背對著他們，而那人的臉面如何，他們也未曾看清楚，高翔和穆秀珍只看到馬里坦的臉上原本是一副懶洋洋的神態，愛理不理地望了一下，突然間睜大了眼睛。

他在睜大眼睛後，臉上現出滑稽之極的神情來，緊接著，他的面色變得比紙還白，忽然間，他又尖聲怪笑了起來……

當那架搜索機中彈的時候，木蘭花正站著，她因為機身的震盪而滾跌下來，她的肘部撞在座位下的一隻箱子上。

那只箱子放的是準備飛機失事時緊急用的東西，有穿著簡單的防火衣，和一拉就充滿氣體的救生圈等等。

木蘭花還未曾站起來，飛機就已著火，她一手拉開了那只箱子的蓋子，拿起一件防火衣，立即套在身上，先將穆秀珍拉到艙門口，推了出去，然後，她站起身來，摸到駕駛室的一個掣，用力按了一按。

搜索機的駕駛座上有著逃生設備，木蘭花一按動逃生掣，高翔便被座椅上的彈簧彈出機艙外，落入海中。

這時候，木蘭花還有時間逃生。但是她卻不走。這是她在拿到那件防火衣後決定的，在濃煙中，她戴上防火衣上的氧氣面罩，面罩中有足夠一小時用的壓縮氧氣。

她連跌帶爬來到機艙門口，烈火捲向她，雖然穿著防火衣，也熱得渾身是汗，如同全身都要被燒裂一樣。

飛機從中彈到跌入海中，其實不到一分鐘的時間，但是烈火中的木蘭花，卻像是過了一個世紀，終於，水花濺起來，火熄了。

木蘭花本就在機艙門口，飛機才一浸入海水，在海水還未湧進機艙，那股極大的衝力尚未曾產生之際，她已經跳了出來。

木蘭花向海中沉下去，她看到穆秀珍和高翔兩人在掙扎，她只是向下沉，將自己隱沒在海底的一大簇在隨水飄動的昆布中。

然後，她看到飛機的殘骸插入海底的浮沙之中，浮沙揚了起來，將整個海底弄得極為混濁，當浮沙漸漸沉下去後，飛機的殘骸幾乎全部埋在浮沙中。這正是木蘭花所希望的。

在「雷庫號」甲板上突然起了變化之際，木蘭花已經知道，馬里坦是一個真正的敵人，是她從來也未曾遇到過的凶狠，狡猾的大敵！

木蘭花隱在昆布叢中不動，她知道馬里坦一定注意到有幾個人從飛機中跳出來，自然也會派水底搜索隊來找她。

她已經在馬里坦手中失敗過，她要忍耐，等著水底搜索隊下來。

她面罩中的壓縮氧氣可以使她在水中停留一小時，雖然因為她潛得太深，海水壓力使得她的血液湧向腦部，產生昏眩的感覺，但她受曾過武術訓練，知道如何去忍受不利生存的環境。

她順著海底的暗流，使身體作緩慢而柔軟的起伏，以減輕海水的壓力。這樣她便可以潛在海底。一般來說，在這樣深的海底，若是沒有特製的潛水頭罩，是很難久待的。

木蘭花耐心地等著。

終於，她等待的人來了。

透過碧藍的海水，她看到二十個全副潛水配備的人潛到海底，四下游了開來。下海的人都有銅頭罩，這正是她所需要的。

木蘭花也緊張起來，因為她的行動是否成功，不但關係著她自己的生命，而且也關係著高翔和穆秀珍兩人！

她又等了片刻，不見有人向她藏身之處游來，她便伸手輕輕地在海底上按了按，將海沙潑得揚起了小小的一團，和升起一些氣泡來。

她的誘敵方法成功了，有一個潛水人向她游來。

木蘭花取下髮箍彈出利刃，靜靜地等著。

那紅衫俱樂部中的匪徒越游越近，來到木蘭花的近前，由於那一大叢昆布又高又密，所以他未能看到木蘭花。

那人看來十分小心，他在昆布叢外巡視了一陣，又待游了開去，木蘭花心中不禁暗暗著急，因為她的計畫是要在海底不聲不響地對付一個人，如果那個人召同伴來，那麼木蘭花這半天的等待就算是白費了，她不能再有這樣的機會了。

因此，木蘭花一看到那人像要離去，她連忙向上升了幾呎。她身上還穿著灰白色的防火衣，所以當她向上升之際，突然在昆布叢中出現的灰白色影子，又將那個匪徒吸引住，那匪徒手持著槍，向前游過來。

木蘭花終於將那個匪徒引來，可是這只不過是第一步，那匪徒手中有著水底發射武器，那是特製的魚槍。

這種強力的魚槍，可以在十秒鐘內連續發射八支能洞穿虎鯊腹部的魚叉，是水中十分厲害的武器！

木蘭花對著那個漸漸游近的匪徒，身子一動也不動，而她的左臂，則有意地纏住了一簇昆布，防火衣將她全身罩住，看不清她的面目。

但是那個向她游近的匪徒，卻可以看清楚那是一個人！只不過他並沒有將那人和木蘭花聯繫在一起，因為他看到的，只是一個穿著白袍的怪人。

「那是什麼人呢？」那匪徒心中暗忖：「看來他已經死了，不管他是死是活，還是先給他一槍的好，免得出亂子。」

6 有力的王牌

那匪徒已來到離木蘭花只有兩碼處。

他停止前進，端起魚槍來，準備放射。

也就在這時候，木蘭花陡地一個翻滾，海底的浮沙一齊攪了上來。

眼前的目標已失去，那匪徒知道不妙，掉頭便游，然而木蘭花卻像是大魚一樣地追上來，在那匪徒還不知道敵人已來到身旁，利刃已經刺進那匪徒的脅下。

木蘭花絕不想被人注意到昆布叢中的惡鬥，是以她將利刃刺進那匪徒的要害後，並不拔出來，那樣，大量的鮮血便不會湧出，也不會將海水染紅。

那匪徒幾乎是立即就死去，木蘭花將他的身子拖進了濃密的昆布叢之中，而那時，大部分的匪徒恰好發現那架飛機的殘骸。

沒有人注意到那場惡鬥，也沒有人知道，他們其中的一個人已經死了，正是死在他們要找尋的木蘭花手中。

五分鐘後，木蘭花從昆布叢中游了出來，她大膽地接近其他匪徒。

而其他的匪徒甚至連望也不向她望一眼。因為木蘭花已換上全套潛水人的設備，透過銅頭罩，只能依稀看到一個人的雙眼，絕不能夠認得出那究竟是什麼人來，木蘭花跟著他們在海底游了一會，又跟著他們一齊上船。

最後，木蘭花上了「雷庫號」。

她上了「雷庫號」，看到馬里坦後，便粗著喉嚨向馬里坦走去，直等到了馬里坦的前面，手中的魚槍對準馬里坦的肥肚子，她才將整個銅頭罩掀起來。當時，高翔和穆秀珍兩人還不知道站在馬里坦面前的那人就是木蘭花，他們只是驚訝，何以馬里坦的面上忽然會有這樣的表情。

當馬里坦看到站在面前的是木蘭花時，他當真想哭出來，可是卻又逼不出眼淚，只好以一種十分奇特的聲音笑起來。

木蘭花微笑著，她將銅頭罩掀了下來。

「砰」地一聲響，銅頭罩掉在地上，她抖開一頭秀髮，高翔和穆秀珍兩人全身皆震，失聲叫道：「蘭花，是你！」

他們兩人一叫，圍在馬里坦四周圍的保鏢立時轉過身來，高翔哈哈大笑，腳步輕盈，伸手在那幾個手持機槍的大漢肩頭上各自輕輕拍一下，說：「喂，你們的首領，只怕不會好脾氣，我勸你們還是小心一點，不要令他發火的好！」

那幾個大漢，立即看到了眼前的情形。

木蘭花的手指鉤在魚槍的扳機上，槍口對準馬里坦的肚子，那一槍射下去，馬里坦或者可以不死，可是他的肚子中多了一柄魚槍，那滋味自然絕不好受，是以他們也立即如同木偶一樣，一動也不動。

那幾個保鏢站著不動，高翔和穆秀珍兩人卻老實不客氣，將他們的手提機槍一齊「接收」過來，每人肩掛兩柄，手提一柄！

他們兩人退到馬里坦的身邊，一邊一個，機槍的槍口對準馬里坦的左右太陽穴，馬里坦剛才還在力充鎮定，但此際已面如死灰。

「馬里坦，」高翔故意用冷冰冰的槍口去碰馬里坦的太陽穴，他每碰一下，馬里坦的口角便牽上幾次，如同發羊癇瘋一樣，「你剛才還說紅衫俱樂部不可抵抗，你可還堅持這意見麼？如果你已改變意見，我們願聽高論。」

「你……你們……你們……」馬里坦的聲音發著抖，一句話也說不完全。

而這時候，甲板上，紅衫俱樂部的匪徒越聚越多了，這些人當中並不是瞎子，因此一看到這種情形，便立時不動。

木蘭花拿開魚槍，說：「馬里坦，在這樣的情形下，你應該講些什麼話，相信不必我提示，你一定可以知道的了？」

「是……是……」馬里坦總算講出一句話來，「你們快退開去，絕不准上甲板來，還不快退，可是要我的腦袋開花麼？」

馬里坦的最後一句話，幾乎是哭叫出來的。

甲板上的匪徒，你推我擠向甲板下的船艙中走去。轉眼之間，甲板之上，便空蕩蕩地一個人也沒有了。

「馬里坦，」木蘭花的聲音仍然十分平靜，在她的聲音中，是永遠找不到勝利的興奮的，她可以十分冷靜地對待重大的勝利，所以她的勝利可以持久，「你應該回到什麼地方去，想必你自己一定也知道。」

「是，是，我知道，我願意回到監獄去，我願意現在就在監獄中！」馬里坦冷汗直淋，戰戰兢兢地說著，渾身哆嗦。

當然，在監獄中，比被人在兩邊用機槍對準太陽穴好得多了。他這兩句話，可以說得是由衷之言，而且，他這時候居然信起上帝來，他祈求上帝，高翔和穆秀珍兩人手指千萬不要忽然發抖，若是他們的手指一抖……

馬里坦想到這裡，他流下來的汗可以洗臉了！

「不錯，監獄。」木蘭花說：「回監獄後，你還可以越獄，是不是？」

「不……不……我不越獄了。」

「那要有保證。」

「保……證？這……這……」

「這很簡單，你將警方受賄者的名單給我，我們消除警方的叛徒，你自然不會再逃獄，你說這個保證，是不是合理。」

「合……得得……得得……理。」在「合」字和「理」字之間的「得得」聲，是馬里坦牙齒相叩的聲音，他對著腕表，啞聲說：「理查，你上來。」

一個漢子在艙口內探頭探腦地望著，不敢走過來。

「你在我的艙房中，椅墊之下，去取那紫紅色的文件夾來。」馬里坦吩咐著：「快去取來……我等著要用它，不要取錯。」

「是！」那個叫「理查」的答應了一聲，又縮回去。

不一會，他捧著一隻紫紅色的文件夾，戰戰兢兢地向前走了過來，將那文件夾交給馬里坦，馬里坦又遞給木蘭花。

木蘭花正準備伸手去接，可是一轉念間，她後退一步，說：「放在地上。」

馬里坦震了一震，說：「我能彎下身子麼？」

穆秀珍在一旁，待要伸手去接，可是木蘭花喝道：「別碰那夾子，令他放在地上！這夾子中可能有古怪，要小心些。」

馬里坦的牙齒又得得地相叩起來，他彎下身，將夾子放在地上，木蘭花用腳一撥，將文件夾撥到了七八呎外，對著文件夾開了一槍，魚槍穿透文件夾，釘在甲板上，並沒有什麼變化，木蘭花才過去拔起魚槍，取起那文件夾來。

她打開夾子，看了看便合上，抬起頭來，說：「馬里坦，你可以站起來跟我們走了，秀珍，別忘了他這艘船上的花樣多，你們兩個人將他挾在中間。」

高翔一伸手，勾住馬里坦的手臂，將他整個人都提了起來，馬里坦雙足發軟，幾乎難以走得動，他幾乎是被高翔推著，慢慢向前推去的。

好不容易，來到了船舷上，木蘭花放下了繩梯，說：「爬下去！」

她自己一躍而下，到了大船旁的一艘快艇上，馬里坦肥胖的身軀沿著繩梯爬下去，穆秀珍和高翔兩人也躍上了快艇，他們兩人的槍口仍然對準馬里坦。

馬里坦慢慢地向下移動著，只差兩級，就可以落到小艇中來了，但是也就在此際，整道繩梯突然以極之驚人的速度向上縮去！穆秀珍立即扳動槍機，掃出一排子彈！

穆秀珍的反應已經可以算是快到極點的，但是，那繩梯上揚的速度更快，所以那一排子彈竟完全射空。

而那條繩梯因為上揚的勢子實在太快，等到高翔端起手提機槍，待要向上發射的時候，繩梯已將馬里坦拋到船上的另一面，再也射不中他了！

這一切變化，只不過一秒鐘的時間而已！

「雷庫號」的甲板上立即湧出人來，木蘭花迅速地發動引擎，快艇以驚人的高速劃破水面，向前衝去！

快艇衝出二十來碼，密集的槍聲已自「雷庫號」上發出，子彈射在海面上，激起一股又一股的水注，剎那之間，海面如同沸騰了一樣。

高翔和穆秀珍兩人想要還手，木蘭花已喝道：「伏下，伏下，千萬別浪費子彈，他們一定會追上來的，等他們追近才發射！」

木蘭花將小艇的速度控制在最高的一檔上，快艇的艇首翹了起來，將海水劃成了兩道，在快艇的兩側飛掠而過。

五分鐘後，他們離開「雷庫號」已漸漸遠了。

高翔和穆秀珍兩人心想馬里坦只怕沒有那麼大的膽子，「雷庫號」不會追上來的，然而，就在這時，「雷庫號」又出現了。

巨大的「雷庫號」以驚人的速度向快艇接近！

它在剛開始追來的時候，離快艇足有五百碼，但是不到五分鐘，距離便已縮成三百碼，而且恰好在這個時刻，快艇的引擎發出一陣如同乾咳也似的聲音，告訴駕駛快艇的木蘭花：油用完了！

快艇陡地停了下來！

在快艇停下來後的一分鐘內，「雷庫號」來到離他們只有七八十碼處，穆秀珍大叫著，站起身子來，向前拼命地掃射。

高翔望著木蘭花，面上現出無可奈何的苦笑。

「雷庫號」正在全速向前衝來，穆秀珍掃出的子彈，一顆又一顆地嵌進「雷庫號」的船身，但是由於「雷庫號」的木板中鑲有防彈的鋼板，所以機槍子彈根本傷不了船身。

「雷庫號」越來越近了！

五十碼……四十碼……三十碼……

快艇因為「雷庫號」全速向前衝來而左右搖晃著，這樣的速度，這樣的大小懸殊，「雷庫號」可以毫不費力地將快艇撞沉，非但可以將快艇撞沉，而且可以將快艇撞成碎片！

在快艇上的三個人，當然也要同歸於盡了！

在警局總部中，方局長背負雙手，在通訊室中來回踱著步，幾個通訊員正緊張地在工作著，整個通訊室中的氣氛十分緊張。

其中一個通訊員直了直身子。

「有消息了麼？」方局長連忙問：「可是搜索已經有消息了？」

「沒有。」那通訊員搖了搖頭，「沒有法子聯絡，飛機的通訊設備沒有理由損壞的，應該是整架飛機都已毀去了。」

「唉，搜索隊的報告回來了沒有？」

「並無發現。」

方局長伸手搔著頭，他的頭髮本來就已經花白了，在這一小時中，似乎更多了許多白髮，自從高翔的搜索機忽然中斷聯絡後，那是多麼令人心焦的一小時啊！

方局長在飛機一失去聯絡後，便立即派出水警輪，還請求軍方派出飛機，去協助偵察那架搜索機的下落。

然而，一小時過去，一點結果也沒有。

高翔、木蘭花、穆秀珍三個人全在那架飛機上，他們究竟發生了什麼事，難道無情的大海就這樣葬送了他們的生命？

方局長的腳步聲，不斷地敲打著地板。

他實在難以想像，如果木蘭花等三人犧牲了，憑現有的警方力量，能不能遏阻紅衫俱樂部以本市作據點向東方擴張勢力！

當然優秀的警務人員很多，但是被收買的人卻也不少，而且最致命的是無法分辨誰是被收買的！

方局長額上滲出了涔涔的汗珠來。

通訊室的門，就在這時候被打開來。

局長的副官站在門口低聲說：「報告局長。」

方局長陡地抬起頭來。

「局長，有人求見。」副官敬禮後，立即報告說。

「不見！不見！你看不到我有要事麼？」

「是！局長，我已向來人說了，來人說，局長如果見他，那事情或者就沒有什麼要緊了。」副官恭敬的回答著。

「來的是誰？」

「一個胖子，自稱是男爵，這人好像就是越獄的——」

馬里坦男爵！方局長的心中立時閃過這個魔鬼一樣的名字來，他竟敢直趨警局總部來見自己，這未免太大膽了。

他是憑恃著什麼，才如此大膽的呢？

多年來的警務工作，使方局長立即知道，馬里坦的手中一定握著極有力的王牌，要不然，他是絕不會前來總部的。

因為他是一個受通緝的逃犯，任何警員見到他，都有權將他拘捕，而他居然敢直趨警局總部，他是為什麼而來的？

方局長匆匆地走出通訊室，來到會客室中。

出乎他意料之外，一個胖子站了起來，那顯然不是馬里坦男爵，只是一個外貌如同商行老闆般的一個中年人。

「你是——」方局長不免有點怒意。

「男爵不便親自前來，我是他的全權代表。」

「好，請坐，事情怎樣了，你不妨開門見山說，不必拖泥帶水。」方局長在他前面坐下來，焦急地搓著手。

「高翔、木蘭花和穆秀珍三人的搜索機，被我們擊落了。」那胖子緩慢的說。

這本是方局長意料之中的事，但是當他終於證實了這個消息之際，他還是不免全身震了一震，他幾乎是呻吟也似地說：「他們三人，如今怎樣？」

「他們在我們的手中，也是男爵派我來的原因。」

「你們——」方局長霍地站起來，「實在太猖狂了，我從來也未曾見過像你們這樣胡作非為的匪徒，你們以為可以逃脫法網麼？」

「局長閣下，那或者是你少見多怪吧！」

方局長狠狠地盯著那胖子。

當然，他可以輕而易舉地將他逮捕，還可以吩咐手下先讓他受點「教訓」。可是，這又有什麼用處呢，木蘭花等三人還在他們的手中。

好一會，方局長終於又坐下來。

「你們想要什麼條件，快提出來。」

「條件很簡單，只要你簽兩個字就行了。」

「簽兩個字？」方局長有點不明白。

「是的，簽在這分文件和這七張收據上。」那胖子取過一疊紙張，交到方局長的面前。「這實在是輕而易舉辦到的事。」

方局長望了望那胖子，才俯身去看文件。

他才看了一行，面上便已經變色，那一行文字是：

「我，志願參加紅衫俱樂部為會員，盡會員的義務和享受會員的權利……」

方局長感到一陣昏眩，伸手按住那分文件，抬起頭來，目射怒火，說：「不行，這是什麼，你以為我會簽字麼？」

「還有幾張收據，你先過過目。」胖子平和地說。

方局長的手在發抖，收據一共有七張，照日期來看，每個月一張，每一張的數額都是五十萬英鎊，七張收據合計就是一筆極其龐大的數目。

「那筆數目，在你簽字後，我立即就付給你，會付現鈔，怎麼樣？我想你不再拒絕了罷，局長閣下，快簽字罷！」

方局長只覺得怒氣往上衝，他絕料不到，紅衫俱樂部居然派人來公然向他行賄。

他怒不可遏地站起來，那分文件和七張收據早已被他緊緊地捏成一團，他將紙團狠狠地向那胖子擲去，同時人也衝過去，有力的雙手緊緊地將那胖子胸前的衣服抓住，將那胖子從沙發上直提起來。

他大叫：「來人，來人！」

兩個警員應聲而進，方局長將那胖子猛地推向椅中，轉過身去，說：「將這個人逮捕，他是要犯，由得你們去教訓他好了！」

方局長氣衝衝地走到門口。

那胖子的聲音又傳過來，說：「方局長，我的交涉如果失敗，那麼木蘭花，高翔和穆秀珍三個人——」

方局長的一隻腳已跨出了門，但是他陡地站住，他深深地吸了口氣，轉過身來。

那兩個警員已一邊一個，架住那胖子的身子，將那胖子提了起來，方局長猶豫片刻，說：「放他下來，你們出去。」

那兩個警員不知道何以方局長在剎那間會改變主意，茫然地放開胖子，走了出去，胖子輕鬆地整理著衣領。

「什麼條件，交換他們三個回來。」方局長面色蒼白，厲聲問。

他的聲音在不由自主間有些微微發抖，那是由於他心中十分激動之故。

那胖子拾起被方局長弄皺的文件來，說：「雖然皺了，但還是一樣生效，你簽八個字，一小時後，他們三人就會和你相會了。」

「什麼？」方局長大聲吼著。

「簽八個字。」那胖子狡猾地笑著，「或者將我逮捕，那麼，你再沒有機會見到他們三個人，他們可以說是死在你的手中。」

方局長的呼吸急促起來，眼前的景象也變得模糊起來，數十年來的警務工作，使他養成了剛正不阿的性格，而眼前這個胖子卻在威逼他，更要他參加匪黨。

他當然不能簽字，一簽了字，他一生的清白就完了，他數十年苦心建立起來的聲譽、地位，也將毀於一旦，蕩然無存。

如果，受到生命威脅的是他自己，他將毫不猶豫地拒絕簽字，但如今，受到生命威脅的並不是他，而是三個年輕人！

那三個年輕人……方局長的眼前浮起他們的影子來，高翔本來是不務正業的人，自命俠盜，卻幹著違法的勾當，但是他自從參加警務工作後，他的聰明有了正當的出路，在短短的時間中，已為警方立下許多的功勳！

這樣的一個有為的年輕人，能看著他死去麼？

方局長又想到了木蘭花，那是罕見的年輕人，智、仁、勇俱全的完人。穆秀珍是那樣地天真燦爛，那樣地可愛。

這些年輕人，能讓他們死去麼？

不能，不能，當然不能。但，要救他們的話，自己就得在文件上簽字！自己就得參加紅衫俱樂部，作為這個匪徒組織的一員！

他沉思著，心中猶如被絞盤在絞動一樣。

他額上的汗珠涔涔而下，令得視線更加模糊。

「怎麼樣？局長閣下，男爵給我的時間並不是太多啊！」那胖子將那些文件一張一張地攤平，放到方局長的面前，示好道：「而且，你可以放心，這件事除了我、男爵和你三個人之外，只要你一直保持著忠誠態度，是絕不會有第四個人知道的。」

那胖子的話，方局長根本沒有聽進去，他只是心想：「怎麼辦，我應該怎麼辦，是不是應該犧牲自己，來救他們三個人呢？」

「我要求保證。」方局長陡地抬起頭來。

「你的意思是——」

「我要他們三人先回來。」方局長堅定地說。

「局長閣下，這不是開玩笑麼？」

「一點也不，你說他們三人在你們手上，有什麼證據？就算他們真的在你手上，你又怎樣能保證我簽字後，他們可以安全？」

「紅衫俱樂部的名義便可保證，如果你不簽字的話，那麼事情的發展，就令人十分遺憾了，他們三個都是使人珍惜的年輕人！」那胖子仍在整理著那些文件，「看來我的任務失敗了。」

「慢，」方局長的聲音在發抖，「你保證我簽了字後，他們一定能回來？」

「當然，那時，我們全是自己人了。」

「好，」方局長的聲音聽來十分悲慘：「我……簽！」

那胖子將那一疊文件慢慢地向方局長推過去……

「雷庫號」離快艇越來越近，三十碼……二十碼……十碼……快艇已經急促地起伏著。

由於「雷庫號」的來勢實在太快，快艇上的三個人，連應變的念頭都未想到。等到「雷庫號」來到十碼左右之際，木蘭花高叫道：「跳到海裡去！」

穆秀珍和高翔兩人卻一動也不動！

在那樣的情形下，跳下海去的生存機會更微！

事實證明，他們是不是跳下海去，一點關係也沒有的，「雷庫號」突然停下來，一張金屬絲的大網，發出「錚錚」一聲，疾罩而下，將整艘小艇罩在網中。

「雷庫號」撒出那金屬網後，仍然向前滑來，「轟」地一聲響，將快艇撞碎，三人被震起來，恰好被那張網兜住，拖到了甲板上。

那張網用極細極細的金屬絲編成，卻十分堅韌，木蘭花，高翔和穆秀珍三人在網中連連掙扎，但結果還是被拖到甲板上。

穆秀珍在網中大聲喝罵，高翔鐵青著臉，木蘭花則沉聲說：「鎮定些，別出聲，儘量保持鎮定。」

木蘭花是泰山崩於前而色不變的人，可是這時候，她的面色也變得極其蒼白，她從來未曾遇到過這樣狡猾，這樣難以對付的敵人！好幾次，她在失敗的邊緣中反敗為勝，但是也好幾次，她又從勝利的寶座上跌進失敗的漩渦中，如今她又遭到徹底的失敗，她還能夠再反敗為勝麼？木蘭花並未喪失奪取勝利的信心，她也知道那希望是微乎其微的。

他們三人被金屬網罩著，在甲板上拖行了幾碼，便停下來。他們在網中可以清楚地看到匪徒在他們身邊提點。

他們也可以聽到匪徒們的譏笑聲。穆秀珍好幾次要破口大罵，卻被木蘭花硬按下來，過了極其難堪的十五分鐘，在甲板上圍住他們的匪徒突然靜下來。

一個穿著鮮紅色外套的胖子向前走來。那胖子正是馬里坦。

看來他已換過了所有的衣服，半禿的頭經過小心的梳理，可能還喝了一點酒，當他落在木蘭花等三人手上時，他的臉色難看得就和木乃伊一樣，但此際居然紅光滿面。

他來到離木蘭花等三人不到兩碼處才停下來。

他輕輕地彈了彈雪茄，說：「兩位小姐，一位先生，我認為我們之間的遊戲已經結束了，你們三人認為怎樣？」

木蘭花的回答十分簡單，她冷冷地說：「奇怪，你看不到我們仍在呼吸麼？」

「小姐，你的意思是，只要你不死，那我們之間的鬥爭便沒完沒了，是不是？」馬里坦突然「格格」地怪笑起來，笑聲十分可怖。

「不錯。」木蘭花堅定的回答。

馬里坦聳了聳肩，早已有人替他搬來帆布躺椅，他舒服地坐下來，說：「小姐，我可以告訴你，我的計畫是如何進行的麼？」

「哼！」在網中傳來的只是冷笑聲。

「現在，我的代表已經在警局總部晤見可敬的方局長了，」馬里坦又噴出了一口濃濃的白煙：「方局長為了不想你們三人喪生，將會簽署一項文件——」

「你這卑鄙的肥老鼠！」穆秀珍尖聲罵起來。

「這項文件，」馬里坦卻無動於衷：「表示方局長他志願加入紅衫俱樂部，並且接受紅衫俱樂部的鉅額津貼。」

「你以為他肯簽麼？」高翔冷笑地問。

「我想他肯的，到時他大概知道上當了——」馬里坦怪笑起來：「因為，他簽那些文件的時候，就是你們喪生之時！」

7 生死之鬥

他陡地一揮手，八名漢子各自攜著手提機槍，將那張網團團圍住，木蘭花以為馬里坦是要命令槍手將自己擊斃。但又不是。

只見兩名漢子推來一輛如同嬰兒車也似的車子，車子上是一個很大型的變壓器，有一條相當粗的電線連在那輛車子上，通到甲板下的一個艙房之中，另有一條電線，從變壓器中通出來，立即有一名漢子，將電線纏在網上。

木蘭花望著連結在金屬網上的電線，黃澄澄的銅線使人觸目驚心，接著，她又聽到「啪」地一聲響，變壓器上的一盞紅燈亮著了。

同時，她也聽得變壓器發出「嗡嗡」的聲音來。

穆秀珍伸出手，緊緊地握住木蘭花的手，木蘭花感到她的手比冰還冷！

當木蘭花勉強轉頭向高翔望去時，只見高翔的面色，比一塊冰也好不了多少，他們都已經知道馬里坦準備怎樣了！

馬里坦想電死他們！

馬里坦的手慢慢地按到一個掣上，但是他卻不向下按去，只說：「一等到方局長簽字的消息傳來，一千六百伏特的高壓電，將會使你們回老家去，我可以保證不會有痛苦的，你們三人的面色大可不必如此難看。」

木蘭花深深地吸著氣，她知道馬里坦所說的全是實話，她心中唯一的希望，是方局長不受威脅，不肯簽字！

方局長是一個極好的警務工作人員，要威脅他在那樣的文件上簽字，這幾乎是不可能的事，但是木蘭花卻又瞭解方局長，她知道方局長外表嚴肅，但是心地卻十分仁厚，事關他們三人的性命，方局長很可能會犧牲自己而簽字！

木蘭花只覺得胸前似乎有一塊極大的大石壓著，而那塊大石的壓力也越來越重，壓得她幾乎連呼吸也感到困難。

甲板上十分寂靜，一點聲音也沒有。

又過了三分鐘，那寂靜的三分鐘，長得就像三個世紀一樣，這才聽得馬里坦問：「屈萊怎麼還沒有消息？」

「他還在警局中。」立即有人回答。

那人還推過一輛車子來，車子是箱形的，上面有一個螢光屏，在螢光屏上，隱隱可以看到本市的地圖，在整幅螢光屏上，有一小點亮綠色，那亮綠色的位置，恰好在本市警察總部。

木蘭花等三人透過網孔，也可以看到那螢光屏。

他們知道，馬里坦派出去和方局長會晤的代表屈萊，身上帶著無線電波的追蹤儀。這具裝有捕捉微弱無線電波設備的儀器，顯示了屈萊所在的地方，屈萊只要移動十呎，在螢光屏上的亮綠點就會移動一小格，比例是五萬分之一。

「他已到了多久？」馬里坦又問。

「約十分鐘了，」掌管儀器的漢子回答，他並且討好地說：「只怕他立即就有成功的消息傳來，首領，這一次你一定可以成功的！」

馬里坦哈哈大笑起來。

他肥胖的肚子一顫一顫地，顯得他十分得意。

而木蘭花三人在這樣的情形下，除了祈求上帝的幫助外，似乎沒有別的辦法可想了，木蘭花當然不信上帝，她還在絞盡腦汁思忖對策……

在警察總部的會客室中，方局長的額頭上佈滿了汗珠。

「我簽，」他一再啞聲地說：「你先去通知馬里坦，釋放他們三人。」

胖子屈萊（他是馬里坦的表兄弟，也是馬里坦最得力的助手，馬里坦時時當眾誇耀他的膽識，而他如果能取得方局長簽署的話，他就可以晉升一級，代替已死的副主席勃列斯登的位置）奸詐地笑著說：「我看，還是等簽好了再說罷！」

他一面說，一面將已經攤平的幾張文件慢慢地推到方局長面前，並且還取下自己的筆，拔下筆套，將筆放在紙上。

「簽吧，簽幾個字，不消一分鐘。」

方局長抓起了筆，那枝純金筆桿的筆相當沉重，但是也不應該重到令方局長手指發抖的地步，然而此際，他的手的確是在發抖。

他知道，自己一簽下字去，那一切就完了。

他自然無法在紅衫俱樂部的挾制下生存下去，他已經下定決心：一等到木蘭花等三人脫險後，自己就立即自殺。

以一個人的生命去交換三個人，那還是合算的。

他想到這裡，慘笑一下，筆尖已按到紙上。

那時，胖子屈萊的手指在他皮帶的金扣上輕輕按了一下，一個小小的按鈕便陷了下去。他知道在這個按鈕按下後，「雷庫號」的接收系統就會打開，通訊人員就會開始收聽到他發出的捷報。

方局長沒有看第一分文件的內容，只用力地在應該簽字的地方寫下去，可是他才點了一點，寫下一橫，心中便暗地一動，停了下來。

他在那一瞬間突然想到，只要他一簽字，紅衫俱樂部方面一得到那分文件，就算他們不放木蘭花等三人，自己又有什麼辦法？只要他們掌握著這分文件，就可以完全控制自己了！

方局長開始覺得事情十分不對頭，他停下筆來，又細細地想了一想，大約只花了一分鐘的時間，然後，他陡地抬起頭來。

他抬頭向屈萊望去，目的只不過想要得到屈萊切實可靠的保證，可是他一抬頭，卻看到屈萊的面上閃過一絲焦急的神色，眼中的神情也顯得相當慌張。

方局長心中陡地一動。

在那電光火石的一剎那，他知道一切全是陰謀！那就是說，就算他簽字，匪徒也不會放過木蘭花等三個人，而且，為什麼對方在自己不經意的時候，會有焦急慌亂的神情？而當自己注視他的時候，他又若無其事呢？

他的若無其事是裝出來的！他的心中其實十分害怕。

那是為了什麼？方局長心想：對方已完全占了上風，他何必害怕？方局長放下了筆來。

「你不簽字，望著我做什麼？」屈萊想笑，可是這時候，他面上的肌肉卻因為緊張而僵硬，所以他的笑容看來十分古怪。

方局長則和屈萊相反，他捕捉到對方的弱點，因此他從慌亂中漸漸地鎮定下來，他說：「我可以知道你的姓名麼？」

「不必客套了。」屈萊拒絕說出姓名來。

方局長自然不知道對方是誰，但是他卻知道對方不想表露出身分，為什麼不想表露身分呢？當然是因為表露身分後，會對他有危險，那又是什麼原因呢？他可能在紅衫俱樂部裡是一個重要人物，而且對馬里坦來說，更有著重要的意義。

一層一層推斷下來，方局長更鎮定了。

胖子屈萊在方局長漸趨鎮定的目光注視下，額上則冒出細小的汗珠來，這是一場極其激烈的鬥爭，兩人的身體雖然都坐著不動，卻在進行著不折不扣的生死之鬥！

「我如果簽了這分文件，我們就是同路人了！」方局長笑著說：「你對一個同路人，還要隱瞞自己的姓名，不肯相告麼？」

「可是你還未簽字啊！」

「如果我不知道你是誰，我就不簽——我怎知道你在紅衫俱樂部中，是否有足夠的地位來拉我入會呢？是不是？」

「當然有，我是首領的表兄弟——」

他的話並沒有講完，方局長的腦中已陡地閃過屈萊的名字，他已經完全知道對方的身分了，他站起來，將手中的筆遞還給屈萊。

「你……這是什麼意思？」

「將筆還給你。」

「你不簽字了麼？」

「不簽了。」方局長回答得十分乾脆。

「好，你可以將我逮捕，可是木蘭花姐妹和高翔卻要受到最嚴厲的懲罰，然後死去，全因為你而害死了他們。」

方局長的心中又猶豫了一下，但是他終於堅定地說：「我想你有辦法和馬里坦直接通訊，是不是？我要你告訴他，你被逮捕了，如果他們三人有任何不幸的遭遇，同樣的遭遇將發生在你的身上。我想，你如何去要求馬里坦不要苛待他們三人，這是你的事情，當然不用我再作指點了。」

突然之間，事情會變化到這一地步，那是狡猾多智的胖子屈萊所絕未料到的，他的弱點已完全被方局長抓住！

他還想力充鎮定，但是手卻不住簌簌地發起抖來。

方局長來回走了幾步，說：「馬里坦可能等急了，你快些聯絡吧！」

胖子屈萊無可奈何地點了點頭。

在「雷庫號」上，通訊員從艙中探頭出來，叫道：「首領，屈萊的報告發來了，他會在兩分鐘後以衛星電話與我們聯絡！」

「哈哈，」馬里坦笑了起來：「兩分鐘，三位，當我獲得巨大勝利之際，你們卻魂歸天國，你們有什麼感想？」

穆秀珍低聲地說：「蘭花姐，怎麼辦？」

怎麼辦？怎麼辦？這是在這不到二十分鐘的時間中，木蘭花心中問了千百遍的問題，怎麼辦？在這樣的情況下，他們有什麼辦法抵抗高壓電流？

「高翔，」木蘭花知道只有兩分鐘的時間了，在這樣緊急的情形下不得不採取緊急的辦法，她附耳向高翔低聲地說：「你表示願意和方局長一起替紅衫俱樂部工作，別說反對，你說過聽我話的。」

高翔面上的神情，難看到了極點。

他既不搖頭，也不點頭，連木蘭花和他相知如此之深，也不知道他心中在想什麼，然而木蘭花知道，高翔會照自己的話去做。

「秀珍，」她又低聲吩咐，「準備煙幕彈。」

「蘭花姐，那有用麼？你看這八個機槍手——」

「總比由得他通電的好，濃煙一起，你就向外滾開去，最好能滾落船舷，落到海中。」木蘭花低聲而沉著的吩咐著。

「你自己呢？」

「我？」木蘭花苦笑了一下，不再說下去。

「我知道，」穆秀珍的聲音哽咽，「你一定是從濃煙中躍起，好吸引機槍手的目標，給我逃生的機會，是不是？」

木蘭花並不回答，因為她的確是這樣想的。

穆秀珍居然能猜中她的心思，可知穆秀珍已進步不少，可是在這樣的情形下進步，不知是使人高興好還是難過好。

兩分鐘的時間，快得難以言喻，只講了幾句話，那通訊員便拿著電話，從艙中鑽上來，走到馬里坦的面前。

馬里坦接過電話，先向網中的三人笑了一下，然後才把話筒放到耳邊，他的面上一直帶著笑容，那是一種驕傲到難以形容的笑容。

但是，當話筒放在耳邊十數秒後，他面上的笑容突然僵硬了，以致變得十分滑稽，木蘭花立即知道事情起了變化。

果然，馬里坦聽完電話後一聲不出，狠狠地將那電話拋下，霍地站起來，轉身蹬蹬地走回船艙裡。

穆秀珍瞪著大眼睛說：「這是怎麼一回事？」

「局長當然不受他們的威脅。」高翔回答。

「難道方局長竟不將我們三人放在心上麼？」

「秀珍，其中一定還另有曲折，煙幕彈準備好了沒有？」木蘭花低聲問：

「我敢說他們一定會將我們從網中放出來的。」

「準備好了，只要我用力搖頭，煙幕彈便會落下來。」穆秀珍回答著，眼看著幾個人來到他們的面前，解開了金屬網的扣子。

他們三個站了起來。

穆秀珍望著木蘭花，等候她的指示。

但是木蘭花卻沒有任何要穆秀珍施放煙幕彈的表示。他們如今仍在八名機槍手的包圍下，但是情形卻不像剛才那樣危險了。

木蘭花原本的計畫是：高翔首先表示投降，馬里坦自然會放他出來，放走高翔之際，她們兩人便一齊竄出，施放煙幕彈，穆秀珍自甲板上滾向船舷，由海裡逃生，她則撲向馬里坦。當然撲向馬里坦，幾乎沒有可能成功，但至少可以起到掩護穆秀珍的作用。

只要穆秀珍能夠逃出生天，她雖然死了也是甘心的。

不過這計畫，如今完全沒有必要了，馬里坦剛才坐在躺椅上的時候，那具控制電流的變壓器離他的手只不過幾吋。

他只要一按，立時可以取去三人性命，而他居然不下手，反而怒氣勃發地走了，那是什麼原因，木蘭花不知道，然而木蘭花卻可以肯定他們三人暫時不會有危險。

所以，儘管穆秀珍躍躍欲試，木蘭花卻是絕無表示。

他們三人在機槍的指嚇下，走到一個船艙中，那船艙中空無一物，根本就像是一個大箱子，他們一被驅進艙中，厚厚的艙蓋便「啪」地蓋上。

船艙中漆黑一片，穆秀珍叫道：「蘭花姐，你剛才為什麼不動手？」

木蘭花冷靜地說：「我們動手的話，死的機會大而逃生的機會少，現在我們不是毫無損傷地活著麼？」

「可是我們卻被關在漆黑的艙裡。」

「那比罩在網中總來得好！」高翔勉強地笑著。

「唉，」木蘭花突然嘆了一口氣，「我得了一個教訓，我們如果有機會再占上風的話——」

「先打馬里坦兩個大耳刮子！」穆秀珍氣呼呼地說。

「絕不能再讓他逃脫！」高翔沉聲說。

「是，我們現在先來研究一下，我們怎樣可以再占上風？」木蘭花說：「別看我們還被囚禁著，但是馬里坦不殺我們，這表示我們至少還佔有一點優勢。」

「衝出去！」穆秀珍用力的搥著船壁。

船艙的四周圍全是鋼板，就算有乙烷吹管，只怕也燒不熔，穆秀珍的拳頭固然大力，但是又有什麼用處？

「我想，」木蘭花沉思了片刻，才說：「馬里坦派出去的胖子屈萊，一定被方局長逮捕了，方局長明白制住屈萊，就等於有人質在手。」

「你是說，馬里坦可能提出交換俘虜？」高翔疑惑地問：「你想，他好不容易捉住我們，肯輕易放我們回去麼？」

「你料錯了，直到目前為止，和馬里坦的鬥爭，都是我們屈居下風的時候多，馬里坦是個狂妄自大之極的人，不信有人鬥得過他，也不會將制住我們三人當作什麼了不起的大事，所以他一定會以我們換回屈萊的。」

「唉，」穆秀珍嘆一口氣：「被人家當作交換的俘虜，多差勁！」

「在交換俘虜中，馬里坦極可能玩花樣，」木蘭花並不理會穆秀珍的感嘆，她改用手指在兩人的手上敲打摩斯密碼：「我們必須先發制人，你們明白麼？」

高翔和穆秀珍立即知道木蘭花的新計畫。他們在黑暗中興奮地點頭。

木蘭花繼續用密碼長短不同的訊號，將她的計畫告訴兩人，她還預料到幾種不同的情形，和不同的應付方法。

穆秀珍興奮得站起來又坐下，被人當作俘虜，這的確十分差勁，但如果木蘭花的計畫可以實行的話，那就大不相同了！

果然不出木蘭花所料，方局長和馬里坦兩人通過無線電話直接交談後，馬里坦同意用三人交換屈萊。

雙方只用了十分鐘的時間，便議定以下的幾點：

一、雙方親自監押俘虜，在公海交換。

二、一發現對方有過分的武力裝備，立時傷害俘虜。

三、雙方監押俘虜的武裝人員不得超過八人。

四、俘虜交換後，警方不能趁機追蹤「雷庫號」的下落。

方局長和馬里坦都同意這四點條件，於是，在暮色蒼茫中，平靜的海面上，有兩艘快艇迅速地接近著。

那兩艘中型快艇相互接近的勢子十分快，從各自在海平線上出現起，直到雙方相距二十碼停下來為止，只不過是二十分鐘的時間。

在北面駛來的快艇上，馬里坦坐在艇尾的一張椅子上，他的臉色十分難看。在他的身邊，是四個機槍手，在他的身前，還有四個機槍手。

而那四個機槍手的槍口，則對準木蘭花、高翔和穆秀珍三個人。他們三人正背負著手，站在艇上，態度十分平靜。

從南面飛駛來的快艇上，有八名穿著制服的警官。

胖子屈萊就站在方局長身旁。

當方局長在暮色朦朧中看到由對面駛來的快艇上，高翔和木蘭花姐妹都站在艇上，雙眼突然感到一陣濕潤！

兩艘快艇停了下來，方局長首先大聲說：「馬里坦，如果你想玩弄什麼花樣，我敢斷定吃虧的將是你。」

「我何必玩弄花樣？」馬里坦自負地笑著：「我從未失敗過，就算你們不死心，還是以卵擊石的話，失敗的也一定是你們而不是我。」

「好了，你將他們三人放下快艇來。」

「屈萊呢？我們同時進行，他們將游回到自己這方面，是不是？」

方局長沉聲說：「是，一！二！」

當方局長叫到「二」的時候，木蘭花等三人和屈萊已一齊站到了快艇的邊上，方局長緊接著便叫出了一個「三」字！

四個人一起躍向海中！

就在他們四個人躍向海中之際，只聽見馬里坦的快艇上響起了「轟」地一聲，一根繩索連著一具水中推進器射了出去，落在屈萊的身邊。

屈萊一個翻身，便伏在那具水中推進器之上，以極快的速度在水面上掠過。同時，馬里坦的座位前面突然伸出一片鋼板，八個機槍手在鋼板後，開始向方局長的快艇猛然掃射！

這個變化來得太突然了！

方局長的快艇上自然有著掩蔽設備，但是木蘭花等三人落入海中結果如何呢？方局長不能不關切。

所以，槍聲儘管密集，他仍然站在艇首大聲地叫著，然而他只叫了一聲，一顆子彈已射進他的腹部，他翻跌了下去，兩名警官冒著生命危險，將他拖進掩蔽物內。

方局長面色蒼白如紙，腹部不斷湧出鮮血。

「快駛回市區去，方局長受了重傷！」一個警官吩咐。

「不，」方局長掙扎著，說：「他們三人呢？」

在混雜的機槍聲中，方局長的話幾乎低到一點也聽不出來，警官向暮色越來越濃的海面上望去，除了機槍子彈在海面上激起的水柱外，什麼也看不見。

屈萊早已溜遠，木蘭花等三人也不知去向。

「回航！」那警官看了看已陷入半昏迷狀態的方局長，堅決地下令，警方快艇掉頭急駛而去。

馬里坦的快艇還追趕了一陣，但當警方的快艇遠去後，馬里坦並不回航，他命快艇打著轉，務必找到木蘭花等三人。

這裡是大海中央，沒有工具，木蘭花等三人絕不能在海水中待得太久，而且他們也游不遠，一定就在附近。

馬里坦命令槍手亮著強烈的探射燈在海面之上不斷地掃視，只等木蘭花等三人一冒出海面來，便將之射殺。

「哈哈哈哈！」馬里坦開懷地笑了起來，在這樣的情形下，三人還能活命麼？馬里坦眼看方局長受了傷，而三人又有死無生，屈萊安然逃生，他不是得到了巨大的勝利麼？

「回航。」他揮著手，發出了命令。

那艘快艇掉轉頭，向越來越黑暗的公海駛去。

快艇上並不亮出燈光，那是馬里坦的精細之處，他怕警方派出飛機跟蹤，怕快艇的目標被暴露，當然他自有找到「雷庫號」的方法，因為在快艇和「雷庫號」之間，有著無線電自動導航設備，快艇可以絲毫無誤地回到「雷庫號」。

他也不擔心屈萊會在海上迷途。他知道屈萊至多是吃點苦頭而已。

所謂「水中推進機」，本來是喜愛潛水的人玩的東西，它是一塊平板，在板下裝有簡單的推進裝置和螺旋槳，有的還有氣囊設備，可以浮沉由心。

馬里坦自快艇中射出的那具，也並沒有什麼不同，只不過推進裝置的馬力十分強大，所以屈萊在水面逃走時，才會如此之快。

8 反敗為勝

馬里坦坐在快艇上，躊躇滿志。

當快艇向「雷庫號」駛去之際，他已經在計畫著，東方的事業還在開創，自己必需坐鎮，而屈萊這次奉派和方局長談判，卻遇到這樣可恥的失敗，這會不會影響他的威望呢？看來屈萊也只好派到歐洲去了。

快艇的速度十分高，不到半小時，已經可以看到「雷庫號」上的燈光。

「雷庫號」的外觀，完全保持著漁船的模樣。掛在船桅上的燈，也是「氣死風燈」，在甲板上活動的人，都穿著漁民慣穿著的衣服——這也是馬里坦的傑作之一。

快艇漸漸接近雷庫號，馬里坦站了起來。

等到快艇傍著「雷庫號」停下的時候，「雷庫號」已拋下繩梯來。當馬里坦攀上繩梯之際，他心中又不禁得意了起來。

「雷庫號」上的一切，全是他設計的，如果不是那繩梯在一按鈕掣後便會突然彈起，從船舷的一邊拋到另一邊的話，那麼這時候，他早已在陰森的監獄了！

馬里坦攀上了「雷庫號」的甲板，在甲板上工作的人立時恭立。

「屈萊回來了麼？」

「回來了，他在首領的艙中。」

「嗯，很好，很好。」馬里坦滿意地走向自己的艙中去，他的艙房經過一次旋轉後，艙中的陳設早已破壞無遺。

他有的是錢，在這個世界上，只要有錢，那就什麼都好辦，所以他的艙房早已恢復舊觀，當他踏進船艙時，屈萊正侷促地坐在椅子上。

「屈萊，」馬里坦皺了皺眉頭：「這次任務的失敗，對於你苦心建立起來的威信來說，是一個十分重大的打擊，你明白麼？」

「我……明……白……」屈萊哭喪著臉回答。

「如今已經脫險了，你還愁眉苦臉作什麼？你是我的表兄弟，我會設法使人不談論這件事的，」馬里坦轉身打開一隻小型酒櫃，取出一瓶酒來，為他自己斟了一杯：「不過，目前你還是先回歐洲去，代行我的職務，比較好些。」

「是……比較好些。」屈萊機械地回答。

「哈，你這是怎麼回事？」馬里坦轉過身來。

「你……你……你的……」

「我的什麼？」馬里坦充滿了疑惑。

「沒……沒有……什麼……」

屈萊本來想說「你的背後」。如果他夠膽的話，他還想說「你的背後有人」，然而他卻沒有這個膽子，因為他自己的背後也有人。

馬里坦「哼」地一聲，說：「你越來越——」

馬里坦的話也未能講完，因為他背後，酒櫃後面，一個人已迅速地長身而起，馬里坦在陡然之際，看到燈光下人影搖晃，他立即一抖手，手中的酒向後面潑去，那人手中的槍柄同時重重地擊中他的後腦。

這一擊是如此之用力，以致馬里坦雙眼一翻，昏了過去，他肥大的身軀慢慢地倒下，終於「砰」地一聲，倒在艙中！

那擊倒他的人，在酒櫃上一按，身手矯捷地跳過酒櫃，將手中的槍靈活地拋了一下，說：「屈萊，你總算合作。」

在屈萊的身後，有兩個人突然現身。這兩個人，本來藏身在屈萊的椅背後。

這兩人一現身，其中一個便揚起手來，掌緣狠狠地向屈萊的後頸劈去，屈萊頭一側，眼睛似開非開，似閉非閉，也昏了過去。

那三個人，一齊長長地舒了一口氣。

躲在酒櫃後面的是高翔，在屈萊椅子後面的是木蘭花和穆秀珍。出手將屈萊打昏的則是穆秀珍。

將屈萊打昏，這本來不是在計畫之內的事，但由於穆秀珍受氣受得太久了，一有機會，再也不肯輕易放過敵人。而且，不依計畫行事的事情太多了，他們能夠再度反敗為勝，也可以說完全不是木蘭花計畫中的事，所以木蘭花也未曾怪她。

當他們三人被關在暗艙中的時候，木蘭花擬定了三個計畫，準備在交換俘虜之際，出奇不意地將馬里坦擄走。可是到正式交換俘虜的時候，局面卻和木蘭花所預料的三個情況都不相同，木蘭花三人無機可乘。

當方局長高叫「一、二、三」，他們三人和屈萊一齊跳向海中時，他們還當這次計畫失敗，只能先回去之後再說了。

就在他們身子跳下，還未曾躍進海中之際，變故就發生了，一聲轟然巨響，強力的發射器將水中推進機射給了屈萊。

交換俘虜時，兩艘船相隔二十碼，這是雙方議定的，所以射出的推進機是繫在一條二十碼的繩索上。只要射出時瞄準方向，那麼推進器一定可以落到屈萊的身邊，屈萊也可借此逃去。

屈萊早已得到這個訊息，因為他身上藏有和馬里坦直接通訊的設備，事情也進行得十分順利，屈萊的確借著推進機逃離了，只是在微小的一點問題上，卻給木蘭花、高翔和穆秀珍三人造就了可乘之機。

那便是那根繩子！

那根繩子必需和發射設備相連，這樣才可以保證發射的距離是二十碼，而不會射到屈萊根本找不到的地方去。但是射出之後，繩子必需被斷去。不然，屈萊也不能逃走。

馬里坦的手下在進行這項工作時，配合得十分好，一射出了推進機，他們便立即斷去繩子，繩子掉到了海中。

這時候，正是木蘭花等三人剛跌落水中之際。

他們聽到轟然巨響，便知道事情已生出變故。本來，他們三人不約而同準備先向深海中沉去，再作打算。當木蘭花接觸到海水的一剎那間，她看到屈萊和那具推進機，她明白馬里坦的計畫了，她立即伸手握住那條繩索。

高翔是第二個握住那條繩索。

穆秀珍出手遲了一步，她沒能握住繩索，卻立即抓住高翔的左足。當他們拉住那股繩索之際，推進機已載著屈萊向前疾駛而去。

而他們三人在水中，不斷被推進機螺旋槳所捲起的浪花衝擊著，喝了好幾口海水，木蘭花依然堅定地握著繩子，向前慢慢地移動著。

高翔也跟著向前移動，而穆秀珍總算鬆開高翔的左足，也抓住繩子，木蘭花沿著繩子，首先來到了屈萊的身後。

她身子一縱，雙手緊緊地握住屈萊的雙足，迎著撲臉而來的浪花，大叫道：「快令推進機慢下來，不然拋你下海！」

屈萊雙足剛被木蘭花握住之際，還以為遇到什麼海怪，然而當他聽到木蘭花的聲音後，實是比遇到海怪更害怕。

他大吃一驚，吞進一大口海水，一喝了海水，他的心中更是慌亂，不得不將推進機速度減到最慢。

穆秀珍從水中冒出頭來，愉快地叫道：「蘭花姐，將他拋到海中去餵王八，我們可以利用推進機回去，死肥佬，你末日到了。」

屈萊上下兩排牙齒格格打震，說：「小姐……這未免……太過分了，我們……講好是交換俘虜的，你們這樣子……」

「住口。」木蘭花冷冷地說。

胖子屈萊也真聽話，立時住口。

「屈萊，我可以保證你生命的安全，但你必須和我們合作，你明白麼？」木蘭花一字一頓，嚴肅地向屈萊說。

「合作？怎麼合作法？」

「我們繼續駛向『雷庫號』，到『雷庫號』後，你設法掩護我們三人上船，不給別的人知道，這是第一步。」

「那……怎麼做得到？」

「做不到的話，你只好在海中餵魚了。」

「我……設法……」屈萊呻吟著說。

「上了『雷庫號』，你便帶我們到馬里坦的船艙去，你坐著等他，我們躲起來，你若是露出馬腳，你即使不餵魚，也只好餵土中的蟲兒了！」

「我……儘量設法。」

「不是儘量設法，而是你一定要做到！」

「是……是……」

木蘭花一笑，說：「好，繼續前進！」

推進機又劃破了海水，向前急駛而出，沒有多久，便看到「雷庫號」。而那時候，馬里坦的快艇還在海面上巡弋哩。

到了「雷庫號」的旁邊，繩梯一放了下來，木蘭花立即以一柄利刃抵住屈萊的後心，屈萊啞著聲音叫道：「甲板上所有人全撤回去，五分鐘之後，才能再上來。」

「好，上去吧！」木蘭花用利刃在他的背後頂了頂。

甲板上的人不到半分鐘便走得乾乾淨淨了。屈萊在紅衫俱樂部中的地位相當高，不服從他的命令，那只是自討苦吃，所以沒有人想得到屈萊是由三個人「護送」回來的。

木蘭花三人在馬里坦的艙中躲起來，而屈萊就像木偶似地坐著，餘下的事情，就是等馬里坦回來了。

馬里坦終於回來了，他也成了木蘭花等三人的俘虜。

穆秀珍在擊昏屈萊後，又衝過去，在馬里坦的頭上狠狠地踢了一腳。

「行了，秀珍！」木蘭花估計沒有三個小時只怕馬里坦絕不會醒過來，如果再打下去，那只怕將他打死了！

「痛快！」高翔搖了搖頭，說：「我們該離去了。」

木蘭花慢慢地打開艙門，向外面看了一下，外面有很多人在工作，她又縮回頭來，按下一個掣，只聽得一個聲音說：「首領，有什麼吩咐？」

木蘭花向高翔做了個手勢。

高翔立時明白，他模仿著馬里坦的聲音，說：「『雷庫號』以最高速度啟航，目的地是某市的七號碼頭，立即執行。」

「首領——」那聲音十分猶豫！

「依令執行。」高翔咆哮著，他的聲音可以說和馬里坦一模一樣。

「是！」那聲音答應了。

他們立即察覺到船身輕輕地震動一下，高翔打開那一排電視螢幕，通過裝置在不同位置的攝影系統，他們可以清楚地看到甲板上的情形，由於是全速前進，甲板上許多人在忙碌工作，但沒有人出聲。

「雷庫號」正在全速前進。

而「雷庫號」的心臟，已被木蘭花等三人控制了，整艘船都是他們的俘虜，他們現在的心情，和被罩在網中的時候相比，的確不可同日而語。

穆秀珍嚴密地監視著馬里坦和屈萊兩人，兩人早已被捆得和粽子一樣，但見過鬼怕黑，穆秀珍仍怕他們再施鬼計。

高翔則試圖用無線電通訊器和警方聯絡，可是毫無結果。木蘭花注視著電視螢幕上的情況，看看是不是有人知道他們的行動。

從電視螢幕上看來，一切如常。

不到一小時，遠遠地已可以看到市區的燈火了，高翔又下命令：改低速度！

「雷庫號」的速度慢了下來，和夤夜歸航的許多船一樣，慢慢地駛近碼頭，終於停下來，在電視螢幕上可以看到，船已停在碼頭岸邊。

船艙門外，有人敲著門。

「進來。」高翔沉聲說。

艙門被推開，一個人走進來，但是那人才走進一步，穆秀珍手中的槍已抵住了他的後背，那人也立即看到眼前的情形。

那人面上變色，凝立不動。

「想不到吧，朋友。」木蘭花冷冷地說：「『雷庫號』早已在我們的控制之中了，你們一船人，全是甕中之鱉，再也逃不脫了。」

那人的面色雖然難看，但是說話卻十分強硬，他冷然道：「我不以為你們可以離得開去，我們弟兄不會拼命保衛自己麼？」

「不錯，你講得對，人急懸樑，狗急跳牆，如今對你們來說，已是絕境，假如你們有一條生路呢，那又怎樣？」木蘭花微笑著說。

「你的話是什麼意思？」

「如果我不追究你們，只是將屈萊和馬里坦兩人帶上岸去，你們則利用快艇逃走，那又怎樣？」木蘭花說出了她的意見。

「你要知道，」高翔補充著說：「現在『雷庫號』已在港灣中，如果你們有什麼妄動，那是無論如何逃不出去的，就算你們能逃脫，馬里坦一定要死了，你們歐洲方面的同黨肯放過你們麼？所以，你還是考慮一下再行事的好。」

那人深深地吸著氣，過了約莫五分鐘，他才道：「好，我要和船員講話，我命令他們放下武器，從速由小艇離開『雷庫號』。」

那人的口氣十分大，木蘭花問道：「你是……」

那人挺挺胸口說：「我是『雷庫號』船長柯克。」

「柯克船長，」木蘭花說：「你能當機立斷，我十分佩服你，希望你離去後，能夠改邪歸正，不要再為非作歹！」

柯克冷笑幾聲，算是回答。

木蘭花也知道對一個犯罪觀念已根深蒂固的人來說，幾句輕描淡寫的話，是絕對起不了什麼作用的，是以她也不再向下講去。

柯克船長向前走了兩步，對著一隻擴音器沉聲說：「全船船員注意，我，柯克船長，秉承首領馬里坦男爵的意旨，向你們發佈命令！」

木蘭花等三人都看到，在甲板上和船尾上的人都停止了行動，凝神細聽。

「準備所有的快艇，船上所有的人員，不准攜帶武器，盡可能不要引起鄰船的注意，向公海駛去，在快艇開行後，我會指示目的地。」柯克船長繼續說：「誰違反這個命令，將是紅衫俱樂部最大的叛徒，那是絕不允許的。」

在電視螢光屏上出現的人，個個都帶著十分訝異的神色，但是柯克船長的話顯然已生效，因為船舷翻轉，快艇一艘一艘地被放下海去。

木蘭花等三人放下了心來，因為如果「雷庫號」上的匪徒不肯離去的話，他們的出現，必然會引起一場激戰。當然在碼頭附近，如果發生激戰，匪徒絕對占不了便宜，但是他們卻也不免有麻煩，鄰近其他船隻也會遭到損毀，所以木蘭花才想出這個辦法。

紅衫俱樂部果然是訓練有素的匪黨，不到十分鐘，先後駛出了八艘快艇，約莫載走近一百人，柯克船長又通過擴音器詢問是否有人留在船上，卻得不到回答。

穆秀珍說：「行了，你走在最前，應該還有快艇在的，是不是？」

她早已找到一根木棍，穿過手足被綁住的馬里坦和屈萊兩人，和高翔一起，將兩人像豬一樣地抬起來，走到空蕩蕩的甲板上。

在船旁還有兩艘快艇，柯克船長先跳到其中一艘，一言不發便駛離。

木蘭花等三人上了另外一艘，他們希望遇上一艘水警輪，但是一直沒有遇到水警輪，他們還不知道方局長已受了重傷！

高翔和穆秀珍抬著屈萊和馬里坦，這兩人加起來，少說也有四百斤，虧兩人力氣夠，不然真的抬他們不動。

這時，已然是將近午夜時分，碼頭上十分冷清。

一箱一箱，一桶一桶，一包包的貨物，堆在碼頭上，等候明日一早運走，在遠處，有幾個人就著一盞街燈正在聚賭。

那些人都是碼頭上的管理人員。

「秀珍，我們去找警察，這樣抬著兩人走，不是辦法。」

「是！」穆秀珍將兩人重重地放下來。

兩人幸而是早已昏過去了，也不知疼痛，如果他們是清醒的話，只怕那重重的一記，足可以令他們又再昏過去。

就在穆秀珍和高翔兩人剛把屈萊和馬里坦放下來時，一下震耳的槍聲劃破了午夜的冷清，射向高翔，槍聲甫起，高翔便滾到了地上。

穆秀珍怪叫一聲，捉住馬里坦和屈萊兩人，便向一大堆箱子後隱去，高翔滾到穆秀珍的身邊，只見木蘭花早已藏到箱後向四面看著。

在前面的一大疊圓桶後，冒出許多槍枝來，密集的槍聲震耳欲聾，一齊向前掃過來，穆秀珍和高翔兩人都沒有帶武器，木蘭花揚起手中的機槍，交給穆秀珍說：「節省子彈，可不要亂放！」

「蘭花。」高翔充滿了疑惑，「他們是誰？」

「柯克船長！他不知在命令裡加進了什麼暗號，他們沒有離去，只是在岸上等著我們，想劫回馬里坦和屈萊。」

「他們為什麼不在船上動手？」

「在船上，他們一反抗，馬里坦先沒有命了，他們以為我們不會帶武器上岸，而且，沒有這些箱子作掩護，我們也完了。」

在他們兩人講話的時候，穆秀珍已大叫著，掃出了一排子彈，對面那一疊圓桶中，原來是裝的啤酒，一中了彈，桶中的啤酒立時「嗤嗤」亂噴。

啤酒噴出來的反衝力，令得圓桶一齊倒了下來，那些人的身子沒有了掩蔽，一齊向後退了出去，迅速退進了一座倉庫中！

「嗚嗚」的警車聲自遠而近地傳了過來。

那些人在退到倉庫時，木蘭花等三人看得十分清楚，其中有一個揮臂怪叫，在指揮的，不是別人，正是柯克船長。

警車越來越多，已將倉庫包圍起來。

不到半小時，碼頭附近，簡直成了兩個世界。

在木蘭花他們剛上岸的時候，碼頭附近十分冷清，但這時候，幾輛裝有探射燈的警車開亮了燈，照射著倉庫，警方的喊話聲和從倉庫中傳出來的槍聲，令得這裡熱鬧得如同戰場一樣！

高翔已和一個高級警官取得了聯絡，從那個高級警官的口中，他們得到了方局長身受重傷的消息！

在醫院手術室外的長椅上，木蘭花和穆秀珍兩人坐著，她們身上仍是濕漉漉的，頭髮凌亂，衣衫不整，樣子十分狼狽。

但她們自已完全不覺得樣子狼狽。不但木蘭花自已不覺得，匆忙來去的醫務人員也未注意到她們，坐在對面的市政府代表人員，市議會的秘書長，也不覺得她們有什麼異樣。

所有人注意的，只是一件事：方局長的傷勢如何？

方局長所中的子彈，是射入他腹部接近胸膛處，如今正在手術室中動手術，是不是有生命危險，要看取出子彈後的情況。

知道方局長身受重傷的消息後，穆秀珍和木蘭花兩人立即趕到醫院，可是未能見到方局長，因為方局長已經進了手術室。

高翔親自將仍然昏迷的馬里坦和屈萊兩人關進拘留所，派了兩個最可靠的人看守，又趕回碼頭去指揮圍剿匪徒的戰事。

匪徒還在頑抗，但是數倍於他們的警員已將倉庫團團圍住，他們除了被捕和被擊斃外，絕無第二條可走。

但是方局長呢，他會不會有生命危險呢？

穆秀珍扭著手指，拉著頭髮，坐下去又站起來，站起來又坐下，好幾次她想要不顧一切地衝向手術室，都給木蘭花拉住了。

透過手術室門上的磨砂玻璃，可以看到在燈下傴僂著身子進行手術的醫生們，全市最好的外科醫生都集中在一起。

可是令人擔心的是：手術已進行了兩小時了！

終於，手術室的門被打開，兩個醫生走出來，他們滿頭是汗，疲乏不堪，他們才一出來，就被人包圍住。

在一連串的詢問後，醫生疲乏地揮了揮手，說：「他還沒有醒過來，脈搏非常緩慢，那是不太好的情況，除此之外，無可奉告。」

穆秀珍踮起腳，在聽著醫生的話，但是一聽得醫生這樣說法，腳一軟，幾乎「咕咚」一聲跌倒在地上，她又退到椅上坐下。

木蘭花則始終未曾動過，她只是怔怔地坐著。

醫生走後不久，手術室的門打開，護士推著方局長出來，方局長在使用氧氣，他臉部的神情看不清楚，只是可以確定他仍然昏迷不醒。

一直到清晨五時，方局長仍然沒有醒過來。

高翔也已趕到，他帶來了好消息：倉庫中的匪徒已全部肅清，一共是二十人，由柯克船長率領，柯克受了傷，他不肯說出其餘的七十多人去了何處。「雷庫號」已在警方的看管下，而馬里坦因為是逃犯，立即又被送進監獄，屈萊則仍然在拘留所等候審判。

高翔在審閱得自「雷庫號」的名單後，已和幾個高級警官商議，組成一個工作小組，來處理警方內部的不良分子。

一切都很好，很理想，唯一不好的是方局長仍然在昏迷中。

當第一線曙光透過窗子射進來的時候，等候在病房外走廊中的人，眼中都佈滿了紅絲，病房的門忽然被打開，一個護士氣急敗壞地走出來。

那護士的態度令所有人的心都向下一沉。

喘了幾口氣後，那護士說：「你們三個人……快來……」

「三個人？哪三個人？」每個人都爭著問。

「你，你，你。」護士所指的正是木蘭花，穆秀珍和高翔，然後才說：「方局長醒了。」

「老天！」穆秀珍叫了一聲說：「你為什麼不早說！」

三個人進了病房，方局長已睜開眼，看到三人，他眨了眨眼睛，又將眼睛睜得老大，然後，他顯出一絲艱難的笑容。

陽光就在這時候射進病房，令潔白的病房看來十分明亮，木蘭花等三人直到此時，心頭的陰霾才被朝陽完全驅散！

請續看《木蘭花傳奇》5 血俑

倪匡奇情作品集

木蘭花傳奇 4 煞星（含：神秘高原、煞星男爵）

作　者：倪匡
發行人：陳曉林
出版所：風雲時代出版股份有限公司
地址：10576台北市民生東路五段178號7樓之3
電話：(02) 2756-0949
傳真：(02) 2765-3799
執行主編：朱墨菲
美術設計：許惠芳
業務總監：張瑋鳳
出版日期：2023年7月
版權授權：倪匡
ISBN ：978-626-7303-65-8
風雲書網：http://www.eastbooks.com.tw
官方部落格：http://eastbooks.pixnet.net/blog
Facebook：http://www.facebook.com/h7560949
E-mail：h7560949@ms15.hinet.net
劃撥帳號：12043291
戶名：風雲時代出版股份有限公司

風雲發行所：33373桃園市龜山區公西村2鄰復興街304巷96號
電話：(03) 318-1378　　傳真：(03) 318-1378
法律顧問：永然法律事務所 李永然律師
　　　　　北辰著作權事務所 蕭雄淋律師

行政院新聞局局版台業字第3595號 營利事業統一編號22759935

定價：299元　

國家圖書館出版品預行編目資料

煞星／倪匡 著. -- 臺北市：風雲時代出版股份有限公司,
2023.05,　面；　公分.（木蘭花傳奇；4）

ISBN : 978-626-7303-65-8（平裝）

857.7　　　　112003776